めまい

唯川　恵

集英社文庫

めまい　目次

めまい

青の使者

朝、起きると、水槽の中に白い腹を見せた鯉《こい》が浮かんでいて、容子は絶望的な気分になった。

二年飼っていた三匹のうちの、最後の一匹だった。

あのブルーの鯉を入れたのが間違いだったと、容子は改めて唇を噛《か》んだ。それは半月ほど前、たまたま出掛けた商店街のお祭りで売っていたものだった。

「気にいったかい？」

プラスチックで作られた水槽の中で、金魚すくいの金魚に混じって泳いでいるその珍しい魚を見つけた容子に、年老いたテキ屋が言った。

「金魚じゃないよ、鯉だ」

「本当に？」

「秋翠《しゅうすい》っていうんだ。普通は腹に朱色が入ってるんだが、全体が青ってやつはなかなか手に入らない。育ったらもっと青が濃くなるんだ。お客さん、見たことないだろう」

「ええ」

ためらいながら頷《うなず》くと、その男は満足そうに目を細めた。

「見世物用に出しているんだけど、どうだい？　買ってくれるんなら安くしとくよ」

確かにその鯉は美しいブルーをしていた。これを見たら森岡が喜ぶかもしれない、そう思った。

容子は買って、アパートに戻り、水槽に入れた。古参の紅白模様の三匹の鯉は、突然の闖《ちん》入者《にゅうしゃ》に最初は落ち着きなく水槽の中を泳ぎ回ったが、すぐに馴《な》れたようだった。

ブルーの鯉は、まだ小さく体長は十センチそこそこだ。しかし三匹の鯉と違って鱗《うろこ》は大きく、背鰭《せびれ》の基部の両側にきちんと並列している。腹の辺りにいくつか白い小さな斑点を持っていた。水槽の中を、柔らかい曲線を描きながら泳ぐ姿は、シフォンのドレスをまとったような優雅な雰囲気さえあった。

しかし残念なことに、買って幾日もたたぬうちに死んでしまった。夜店で売っているものなど、所詮、死にかけたものばかりだと聞いたことがある。ブルーという珍しさに惹《ひ》かれて買ってしまったが、騙《だま》されたことを悔やんでも仕方なかった。

おかしいと感じたのは、それから三日後の日曜のことだ。三匹のうちの一匹が、身体に粉を振りかけたような白い斑点を浮かび上がらせたのだ。頼りなく鰭を動かす仕草からも、弱っているのは明らかだった。餌《えさ》を与えても、いつものように食いつこうとしない。不審に思って、飼育の本を開いた。

「白点病……」

その症状にぴったり当てはまった。イクチオフチリアスという原虫の寄生によるものだ。今まで何事もなかったのに、どうして急にそんな病気にかかってしまったのだろう。

そして気がついた。

あの鯉だ。夜店で買ったブルーの鯉が病原体を運んで来たのだ。

案の定、見る間に残りの二匹も、身体に白い斑点を浮かび上がらせた。容子は洗面器に鯉を入れ、ペットショップに走った。

「こりゃ、ダメだね」

ショップの主人は淡々と言った。それから容子に顔を向け、少しばかり気の毒そうな顔をした。

「薬があるから、とりあえずそれで薬浴させてみるといい。水温を二十五度ぐらいにまで上げてね。でもまあ、こうなったら気休めにしかならないだろうけど」

落胆して、部屋に戻った。言われた通り、水温を上げて水槽に薬を溶かしたが、その中に放しても、白い斑点はすでに皮膚の奥深くまで浸透しているのか、鯉たちは息たえだえにエラをぱくぱくさせるばかりだった。

何てバカなことをしてしまったのだろう、と今さら悔やんでも手遅れだった。

翌日に一匹、その二日後にもう一匹、そして今日、最後の一匹も死んだ。三匹とも色彩を失い、鱗は醜くただれていた。

三匹の鯉は二年前、森岡が容子の部屋に持ち込んだものだ。それは森岡との関係が始まった時に一致する。

世の中にはどうしようもない男がいて、その男から離れられないどうしようもない女がいる。それが森岡と自分だと、容子は知っていた。

森岡は容子より七歳上の三十六歳、しかしもっと老けて見える。ずんぐりとした身体に、髪は頭頂部がかなり薄くなっていて、最悪なのは、口を開くと犬歯の隣りに金歯が見えることだった。

彼は駅前で不動産屋を経営していたが、仕事はほとんどなく、パチンコや麻雀で毎日をだらだらと過ごしていた。口が上手《うま》く、モテないくせに女にはこまめに手を出した。容子と付き合い始めてからも、何人もの女の影が現われては消えて行った。

そういった生活ができるのも、一回り年上の妻のおかげに他ならなかった。十年ほど前、未亡人となった女にうまく取り入って、森岡はその家に入り込み、今の生活を手に入れたという。

けれども金を引き出すのは妻だけでは収まらず、森岡は容子にまでせびった。容子は小さな食品販売会社で事務の仕事をしていて、大した収入があるわけではない。それを知っていながら「ちょっと手持ちがなくて」と一万か二万、やがて五万十万と少しずつ金額を重ねて、二年の間で渡した金はゆうに百万を越えていた。

容子は森岡と会うと、いつも腹が立ってならなかった。こんな男とどうして自分は付き合っているのだろう。どうしてお金を出しているのだろう。どうして部屋に入れてしまうのだろう。その怒りは容子の身体の内側に常に張りついていて、何の前触れもなく爆発した。それは森岡が部屋で呑気《のんき》にナイターを観ている時とか、幸福そうに蕎麦《そば》をすすっている時だった。

　突然、容子は腹を立ててヒステリックに叫び出す。そんな時、森岡はいつも身体を小さくして謝った。

「ごめんな、ごめんな、みんなワシが悪いんや」

　森岡は決して容子の怒りに、怒りで返したりはしない。かと言って、部屋から帰ろうともしない。卑屈に謝りながら、すぐにスカートの中に手を入れて来る。容子はその手を足で蹴《け》り、爪でひっかく。謝りながら、森岡の手は確実に容子の下着を剝《は》ぎ取ってゆく。そうやって、いつもセックスしてしまうのだ。

　森岡は週に二度か三度の割合でこの部屋を訪れる。鯉の世話はほとんど彼がやった。鯉は自分が住む器の大きさで、成長の度合いを変えるという。十ガロンほどの水槽の中では、二十センチほどに育つのがやっとなのだろう。ろ過装置もエアポンプもセッティングされているので、容子は朝に一度、市販の餌をやるだけでよかった。

　二年間、この部屋で森岡と容子がして来たことを、三匹の鯉たちは見ていたはずだった。からっぽになった水槽は、そこだけ切り取られてしまったように空虚だ。膝《ひざ》を抱えてぼんやり眺めていると、森岡と自分の関係も、すべてが幻だったような気になった。

　確かに、幻かもしれない。あれだけ頻繁に訪れていた森岡からの連絡が途絶えて、すでにひと月になろうとしていた。

町の西のはずれにあるその屋敷はかなりの広さだが、板塀《いたべい》は朽ちていて、軒先の瓦《かわら》は所々欠けていた。玄関脇に徳山石らしい大きな石が置いてあり、そこにわずかに裕福さの名残りがあった。そう言えば、かつて石材店をしていたと聞いたことがある。確かに、壊れた板塀から中を窺《うかが》うと、母屋の隣りに納屋があり、そこに石切りの機械らしいものが垣間《かいま》見えた。

この家を訪ねることに迷いがなかったわけではない。できるなら妻の立場を持つ女まで巻き込みたくなかった。しかし森岡の仕事場は休業の札がかかったままになっており、携帯電話の電源も切られていた。容子にはもう、待つことが限界になっていた。

森岡が愛しいわけではなかった。あんなどうしようもない男、別れるにはいいチャンスだ。そしてどうしようもない自分も捨てる。

しかし、このまま黙って引き下がっては腹の虫が収まらなかった。引導を渡すのは自分でなければならない。何より、渡したお金だけは取り返さなければ気が済まなかった。

どこかで水の音がしている。懐かしいような響きだ。

呼び鈴を押すと、しばらくして玄関先に女が顔を出した。森岡の妻、芙美だ。グレーの綿のワンピースにベージュのレースのカーディガンを羽織った五十間近の芙美は、顔を合わしたとたん、気が滅入りそうなくらい陰気な雰囲気を持っていた。

芙美は容子を見ると、名前を尋ねることもなく「どうぞ」と家の中に招き入れた。容子のことはすでに知っているようだった。容子は黙ってそれに従った。

通された和室は廊下をいくつか折れた先にあった。まだ陽は高かったが、庇《ひさし》が長く伸びた部屋は暗く、目が馴れるまでに少し時間がかかった。濡れ縁の先にはかなりの大きさの庭が広がっていたが、手入れはほとんどされてなく、植木が雑然と茂っていた。そこから虫の音か、風に葉が擦《こす》れ合っているのか、ざわざわとした湿った音が聞こえていた。

芙美は座布団をすすめると、すぐに姿を消した。お茶でもいれにいったのだろう。ふと、濡れ縁の下辺りから水の跳《は》ねる音が聞こえ、容子は立ち上がった。思いがけず、そこに池があった。植木に隠れてよく見えないが、池は庭のかなりの広さを占めていて、縁の下まで潜り込むように広がっていた。けれども驚いたのはそのことではなかった。池の中には無数の鯉、百匹ほどもいるのではないかと思われるほど、多くが放たれていた。

そのどれもが見事な鯉だった。体長は一メートルもあろうかと思われるものばかり。朱一色、白に朱、白に朱と黒、白に黒、朱に黒、プラチナ、黄金。さまざまな色彩が、暗い池の中をゆったりと泳ぎ回っている。

「あれは銀鱗紅白、それから丹頂」

いつの間にか、芙美が背後に立っていた。彼女はいくつかの鯉を指差しながら言った。

「大正三色に緋写《ひうつ》り、別光、浅黄、山吹黄金、プラチナ黄金」

どれもこれも、大きさといい色彩といい、容子のアパートで泳いでいた鯉とはとても同じものとは思えない。

「今年の夏は暑かったでしょう。少し元気がなかったんですけど、餌を変えてからようやく発色もよくなって。さあ、こちらにどうぞ、お茶をいれましたので」

芙美に促され、容子は卓を挟んで彼女と向き合った。鯉の名を口にした時はあんなに軽やかだったのに、目の前の芙美は俯《うつむ》き加減に頭を垂れ、容子とほとんど目を合わさなかった。それは容子を避けているというより、習性なのだろう。たぶん、彼女はずっとそんなふうに生きて来たに違いない。

面倒な話は早く済ませてしまいたかった。玄関先で初めて芙美を見た時、こんな老けた女と天秤《てんびん》にかけられていたことに腹立たしさは倍増したが、見事な鯉を理由にすれば、何とか気持ちは落ち着けた。

容子は膝を整えた。

「もうご存じのようですけど、私、お宅のご主人と付き合っていました」

芙美がいっそう頭を垂れた。こういった態度をとるのは本来は逆ではないか。愛人が妻にとる仕草だ。でも、それならそれでいい。妻に開き直られる前に、話をつけてしまおう。

「ご主人が私と別れるというなら、それでいいんです。私だって、いつまでもこんな関係を続けてゆく気なんてなかったですから。ただ、貸したお金だけは返していただきます。あの人、逃げ回ってるのか、全然連絡がつかなくて、本当は奥さんのところに来るなんてしたくなかったんですけど、仕方ないでしょう。会わせてくれるなら、直接話をしますけど」

「いえ、それは……」

「だったら、話はここで済ませます。金額は百万です。本当はもっとあるんですけど、百万でいいですから、返してください。それさえ貰えば、すべてきっぱり終わりにしますから」

鯉が跳ねたようだ。その水音は容子と芙美の救いようのない距離を知らしめるように、やけに長く余韻を残した。

「森岡は出てゆきました」

芙美が呟《つぶや》くように言った。

「え?」

すぐには意味がわからず、容子は聞き返した。

「もう、ひと月になります。あの人はここにはいません」

「本当に?」

「私にはもう何もないんです。この屋敷も抵当に入ってます。庭木や庭石も、価値のありそうなものはただのひとつも私の自由にならないんです。その鯉もです。私は餌を与えて世話をするだけ。三ヵ月後には、ここを出て行かなくてはなりませんから。だから、申し訳ないのですが、あなたにお金を返してあげられないんです」

「森岡のために、すべてを?　金の切れ目が縁の切れ目ってことですか?」

「だからって、あの人を恨んではいません。あの人がいたから、こんな私でもこの十年、女でいられたんですから」

「じゃあ彼は今、どこに?」

「さあ」

「さあって」

芙美は庭に目をやった。何もかも失ってしまった女は、目に映るものに焦点を合わす気力さえないようだった。

「私は、あなたの所かと思ってました」

その言葉に、皮膚が粟立《あわだ》った。これが芙美の最大の皮肉なのだと思った。

「でも、もし、そうでないとしたら」

芙美が魚に似た薄い膜を被せたような目で容子を見た。

「ユリ……」

「え？」

「ユリという女性をご存じかしら」

その時、容子の脳裏にはひとりの女が浮かんでいた。


ユリは森岡の事務所の隣りのビルで、喫茶店のウェイトレスをしていた。森岡が姿を隠すずっと前、そこで一度待ち合わせをしたことがある。その時、森岡の目が落ち着きなく彼女を追っていることに気がついた。

どうせいつものことだと、タカをくくっていた。どんなに気にしようが、まだ二十歳そこそこのユリが森岡のような冴えない男を相手にするはずがない。

今思えば、その時以来、容子と決してその店で待ち合わせなくなったことを勘繰るべきだった。想像はひとつの結論に向かっていた。とにかく、確かめなければ気が済まなかった。

喫茶店に行くと、ユリはもう辞めていた。容子はカウンターでコーヒーを一杯飲んでから、オーナーらしい男に探りを入れてみた。

「ユリちゃんに会いたいんだけど、どうしたらいいかしら」

「さあ、もうここを辞めてひと月ばかりだし、次の働き先も聞いてませんから」

オーナーは洗ったカップを拭き、壁の食器棚に戻してゆく。

「住所はわからない？　電話番号だけでもいいけど」

オーナーはいくらか胡散《うさん》臭そうな目を向けた。

「何でそんなに知りたいんですか？」

容子は思いついたセリフを口にした。

「私、ちょっと雑誌の仕事をしているんだけど、彼女に写真のモデルになってもらえないかなって思って。ここのお店の名前を出してもいいわ、そうしたら宣伝にもなるでしょう」

オーナーはふうんと頷き、しばらく考えてからレジまで行き、手帳を広げながら戻って来た。

「まだ、そこに住んでいると思いますけど」

と前置きして、ユリの住所を読み上げた。

ユリのアパートは、白い壁と曲線の柵《さく》に囲まれた洒落《しゃれ》た新築の二階建てだった。ここを斡旋したのはたぶん森岡だろうと思った。

森岡がいれば、話は早くつく。日曜日の午前中ならいる可能性は高いと思ってやって来た。いなければいないでも構わない。彼女に森岡の連絡先を尋ねるだけだ。

ドアのチャイムを押すと、インターホンを通して疲れた感じの声が返って来た。

「誰？」

一瞬、名乗っていいものか迷った。もし中に森岡がいたら、逃げてしまうかもしれない。けれど、反射的に告げていた。

「北川って言います。北川容子です」

「新聞も宗教も間に合ってるから」

「そうじゃないの。ちょっと尋ねたいことがあって」

「なに？」

怪訝《けげん》な声が返って来る。

「とにかく、少し時間もらえないかしら？」

少し間があって、ドアが開いた。迷惑さを隠そうともせず、ユリが半分顔を覗《のぞ》かせた。

「何なの？」

「森岡のことよ」

「森岡？　ああ、ノブちゃん。彼がどうかした？」

森岡の下の名前は信雄という。その呼び方は容子に確信を与えた。

「連絡を取りたいの。どこにいるか、あなた、知ってるんでしょう」

「あんた、ノブちゃんの何？」

ユリの目がからかうように細まった。容子はひどく屈辱的な気分になった。

「知ってるなら、教えて」

「ふうん」

ユリは軽く容子を見据えてから、ドアを開いた。中に入れと言うことらしい。容子はドアを右手で押さえ、部屋を覗き込んだ。十畳ばかりのワンルームだ。部屋は雑然としていた。床には服や雑誌が放り出されている。ベランダに続く窓の前にベッドがあり、布団がめくれていた。森岡の姿はないが、慌ててクローゼットの中にでも隠れたのかもしれない。

「何してるの、入ったら」

「ええ」

容子は靴を脱ぎ、部屋に上がった。上がり框《がまち》にも森岡の靴はないが、抜け目のない男だから、忘れずに持って隠れたとも考えられる。

「どうぞ」

促されて、テーブルの前に座った。ユリは容子に背を向けると、堂々と着替え始めた。パジャマを脱ぐと白い背中があり、くっきりと背骨が浮かび上がって、それはくびれた腰につながっていた。人前で着替えることを恥ずかしいと思わない。その無神経さは、ユリの自分の若さに対する絶対の自信にも思えて、容子は目をそらした。

目の前に座った時、ユリは細身のジーンズに白のタンクトップ、その上から透ける素材の淡いブルーのブラウスを羽織っていた。それはとても美しいブルーをしていた。

「あなたさ、前に私がバイトしていた喫茶店に、ノブちゃんと一緒に来たことあったわよね」

それには答えず、容子は質問を続けた。

「それで、森岡はどこ？」

「あなた、ノブちゃんの愛人？」

「居所さえ教えてくれればそれでいいの」

ユリは灰皿にいっぱいだった吸い殻をそのままばさっとゴミ箱に捨てると、煙草をくわえた。

「知らないわ」

「知らない？」

「そう、知らない」

「そんなわけないでしょう」

容子は声を荒らげて部屋の隅に目を向けた。そこには水槽があった。容子の部屋にあるのと同じものだ。中には鯉が三匹。これも、ほぼ同じ紅白模様の鯉。

「ああ、それね。確かにノブちゃんが持って来たわ。鯉を飼うのが趣味なんてダサイわね。面倒だから捨ててしまいたいんだけど、そうもいかなくて。ちょうどよかった、あなた、持って帰ってよ」

ユリは容子に背を向け、水槽を覗き込んだ。着ているブルーのブラウスが、身体の動きに添ってしなやかに揺れた。

「よかったわね、あなたたち。もらってくれる人がいて」

ユリが水槽のガラスを伸びた爪でコツコツ叩《たた》くと、鯉は餌をもらえると思ったのか、水面へと上がり、口をぱくぱくさせた。

「あなた、そんなに惚れてるの、ノブちゃんに」

水槽を覗き込んだままユリは言った。

「違うわ」

「あんな男のどこがいいの」

「違うって言っているでしょう」

激しく言い返した。惚れてなんかいない。森岡が最低の男だということは、ユリの百倍も知っている。貸したお金を返して欲しいだけ。それさえ返してもらえば、後はどこの女とどうなろうが、知ったことじゃない。

「金はなくてチンケで、前歯に金歯なんか入れちゃってるダサイ男。その上、セックスだってただナメまくるだけ。取り柄なんかひとつもない男じゃない。悪いことは言わないわ。早く手を切った方があなたのためよ」

そう言って、ユリは小馬鹿にしたように水槽を覗き込んだまま笑った。

この女はあの鯉だ。美しいブルーで人の目を惹き、その身体の中に息を止める病原菌を隠し持っている。ひどく汚らしく、まがまがしく見えた。あの時、どうしてあの鯉に目を止めてしまったのだろう。あの鯉さえ買わなければあんなことにはならなかった。死んでいった鯉たちの白い斑点が蘇《よみがえ》る。体中をかさぶたにして、目を濁らせ、醜く姿を変えていた。

目についたのは、テーブルの下に転がっていた烏龍《ウーロン》茶のペットボトルだった。それはまだ手を付けてなく、持つとずっしりとした重みがあった。早く、殺してしまわなければ。そうしなければ、自分までこの鯉に病気を移されてしまう。容子は素早く立ち上がると、ボトルを振り上げた。それは重さの倍の勢いをもってユリの後頭部に落ちて行った。確かな手応えを、両手に感じた。

鈍い音の後、ユリは身体を丸め、両手で頭を抱え込んだ。短い叫び声を何度も繰り返し、足をバタバタさせた。まだ生きている。白い斑点が自分の身体に広がってゆくことを想像した。息の根を止めなければ。完全に殺してしまわなければ。

容子はユリに馬乗りになり、首に手をかけた。水の中にいるように、耳の奥でぐわんと音が鳴った。力をこめると、指と指の間に柔らかな肉がめりこんだ。爪が骨に当たり、皮膚を破る感触があった。

ユリは暴れたが、容子はそれを全身で押さえつけた。大きく見開かれた目が充血し、容子を見据えている。伸ばしたユリの手が、苦しさに容子の両腕をかきむしる。容子はいっそう力をこめた。やがてユリの手は宙をさ迷い、力なく床に落ちた。唇から血の混ざった唾液が頬《ほお》を伝って流れてゆく。それでもまだ息を吹き返しそうな気がして、容子は両手に力をこめ続けた。

　ブルーの鯉はもういない。

もう、自分の身体が白い斑点に覆われる恐れはない。ここに横たわっている女は誰だろう。

ブルーのブラウスを着た女。ブルーの鯉はもういない。

　どのくらいの時間がたったのか、容子にはよくわからなかった。日差しが窓から長く差し込んでいる。ここに来たのは確か午前だった。もう夕方だろうか。

　頭の中では、まるで二本の映画を同時に流しているように、映像が入り組んでいた。ブルーの鯉、ブルーのブラウス。白い斑点、女の白い背中。指先に疼《うず》きを感じて両手を見ると、爪の間に血と肉のかけらがめりこんでいた。

　容子は立ち上がって、まず鯉に餌を与えた。よほどお腹がすいていたらしく、鯉は大きく口をあけて食いついた。爪先が水に浸り、そこにめりこんでいたものさえ鯉はたいらげた。足元を見下ろすと、大きなブルーの鯉が横たわっている。容子は鯉たちに呟いた。

「もう大丈夫よ、悪い鯉はいないから」

　そう言ったとたん、言いようもない恐怖に包まれた。おぞましさに身体が震えた。喉《のど》元に吐き気が込み上げ、トイレに駆け込んだ。自分は何をしたのだろう。便器に顔を突っ込んだ。黄色い液体がたらたらと便器を汚した。苦しさに目尻が濡れた。

　胃をからっぽにしてしまうと、いくらか落ち着いた気分になった。容子は部屋に戻り、べランダのカーテンを閉めた。横たわっているブルーの鯉には目を向けないようにした。テレビの上にキーがあることに気付き、それを手にした。

部屋を出る時は用心した。部屋に入るところを誰かに見られたか覚えてなかったが、たぶん大丈夫だと思った。廊下に人影がないことを確認して素早く部屋から出ると、鍵をかけた。

森岡はどこに行ってしまったのだろう。

彼がこの部屋に戻って来て、横たわったブルーの鯉を見た時、どう思うだろう。

それを想像すると、容子は少しだけ笑った。

どうして芙美を再び訪ねる気になったのか、わからない。森岡が戻って来ない部屋は、もう自分の居場所ではなかった。あそこにあるのは空虚な水槽だけだ。いや部屋そのものが、からっぽの水槽だった。

容子はひどく疲れていた。息をするのも億劫《おっくう》なくらいだった。どうして自分がこんなに疲れているのかよくわからなかった。記憶が混沌としていて、思い出そうとすると、頭の中の画面がシャーッと音をたてて乱れた。

玄関の呼び鈴を押すと、闇から湧き出るように芙美が姿を現わした。この間と同じように、何も尋ねず「どうぞ」と容子を部屋に上げた。これもこの間と同じ、庭に面した和室だ。

「今、お茶を」

「いいえ、何にも。私、気分があまりよくないんです」

「そう、じゃあ私は鯉に餌をやっている途中だったので、済ませてしまいますね」

芙美は濡れ縁に進んだ。大きめのタッパーの中から小さく刻んだハムのようなものを池に放り投げるのが見える。鯉が勢いよく餌に食いつくらしく、水の跳ねる音がする。ここにいるのは健康な鯉ばかりだ。もうブルーの鯉はいない。容子は芙美に並んだ。

「私もやっていいですか？」

「ええ、どうぞ」

タッパーを差し出され、その中のいくつかをつまんで池に投げた。鯉が口を大きく開けて、ひしめきあうように餌を奪い合う。

「森岡の居場所はわかりました？」

芙美がひっそりとした声で尋ねた。

「いいえ」

容子は静かに首を振った。

「どこに行ってしまったのかしら」

「ええ」

「あなたのこともユリさんのことも、放り出して」

「ここの鯉はみんな元気がよくて、本当にきれい。やっぱり餌のせいなんでしょうね」

「鯉というのは、本当はとても獰猛《どうもう》な生きものなのよ。これくらい大きくなると、地ミミズや蛙や、貝さえ嚙み砕いて食べてしまうの。たぶんもっと大きなものも」

「ええ、喉の奥に鋭い歯のようなものがあるんですって」

「噛み砕く？」

「そうなんですか」

疲れはますますひどくなってゆくようだった。それが何のせいか、少しも思い出せなくても、喉元から込み上げた苦さは今も舌を痺《しび》れさせていた。この池にはブルーの鯉はいない。もう誰も、身体が白い斑点に覆われるようなことはない。

鯉たちの食欲は旺盛だ。大きなタッパーにあった餌は底をつこうとしていた。容子は手を入れ、ふと、目を止めた。肉紅色のハムに混ざって光るものがあった。最初は何かわからなかった。容子は指先でつまみ、顔を近付けた。

金歯だ。

瞬間、さあっと身体が冷たくなった。

芙美に顔を向けると、穏やかな笑みが返って来た。それは恍惚《こうこつ》とも呼べるほど幸福そうに見えた。

その時、容子は初めて、芙美がブルーのワンピースを着ていることに気がついた。

きれい

今日、私はふたりの女を幸福にした。そして、三人の女を不幸にした。

ほぼ間違いなく、その三人は、再び私を訪れることになる。しかし、本人たちはまだそのことには気付いていていない。

幸福になったふたりも、やがて不幸になる三人も、今頃、期待といくらかの恐れを抱きながら、何度も鏡を覗き込んでいるだろう。まだ腫れが残っている瞼《まぶた》や鼻や顎《あご》を撫《な》で、呪文《じゅもん》のように「きれい」という言葉を呟いているに違いない。

私は彼女たちの要求を寸分なく叶《かな》えた。そのことにクレームをつけられることは一切ないと確信している。だからこそ、幸と不幸ははっきりと分かれる。

顔の一部をほんの少しいじるだけで、見違えるように美しくなる女がいる。左右の大きさが違っている目を同じにするとか、丸い鼻先を尖《とが》らすとか、顎を削ってエラをすっきりさせるとか、それは少し狂っていた構図を正しく戻してやることと同じだ。違和感はなく、いじったことさえ誰にも気付かれない。整形をした、という陰口を叩かれることなく、彼女たちは幸福を手に入れる。

それとは対照的に、いじったがために取り返しのつかない顔になる女もいる。いや、それは顔ではない。取り返しがつかなくなるのは、彼女たちの欲望だ。

顔がバランスで成り立っているということを、彼女たちは知らない。美しい顔は美しく、醜ければ醜いなりに、偶然にはひとつの約束事がある。それを破って、たったひとつのパーツをいじっても、結果は無残なものになるだけだ。低くて丸い鼻と、厚くてめくれた唇と、内側に引っ込んだ顎と、首より広がったエラに、二重《ふたえ》の涼しい目など似合うはずもない。それは違和感を与えるか、もしくは滑稽《こっけい》さに繋《つな》がるだけだ。

不幸な三人は、やがてそれに気付き再び私の元にやって来る。それは決して、元に戻して欲しいというものではない。この目に合った鼻を、唇を、顎を、と、顔そのものをそっくり変えてしまおうというわけだ。

もちろん、私はそれに呆《あき》れたりはしない。大切な顧客である。保険が効かない現金払いだ。笑顔で迎え、彼女たちの要望に応える。そして彼女たちはもっと欲深くなる。

美容外科クリニックを開業して一年がたった。

国家試験にパスして、大きな総合病院の形成外科に二年勤めた。そこから、大学のＯＢがやっている美容外科に引き抜かれて、やはり二年。そして独立を決めた。保険の効かない施療はとにかく儲《もう》かる。その魅力に惹かれたこともあるが、それだけではない。

私は醜いものが嫌いだ。醜い女を見るとうんざりする。醜さを個性などという、無責任な情報誌に惑わされて、街を大手を振って歩いている女たち。私は言いたくなる。隅を歩け、隠れて生きろ。いや、腹立たしいのは顔ではない。自分の醜さに気付かないその無神経さだ。なぜ、彼女たちは美しくなろうとしないのだろう。高い化粧品や洋服を買う前に、こんなにも確実な方法があるというのに。

とはいっても、クリニックの経営はなかなか厳しい状況だった。儲かるというアテは、今のところはずれたままだ。開業資金にかなりの額を借り入れていることもあるが、麻布のお洒落なビルの一室を借り、宣伝として女性雑誌に載せている広告料などを合わせれば相当な額がかかる。それらの出費は支出の大半を占めているが、やめるわけにはいかなかった。美容外科はとにかくイメージが重要なのである。

今日の最後の手術は、どうということはない二重瞼にするものだった。

だいたい来院する60パーセントはこの手術を望んでいる。最後となった客は（決して患者ではない）化粧を落とし、いくらか青ざめた表情で診察室に入って来た。

すでに三日前のカウンセリングで、どういった形にするかは決まっていた。私は彼女にほほ笑んだ。

「何も心配することはありませんからね」

彼女が少し不安気に頷く。カルテには二十二歳と書き込んであるが、実際は二十歳にもなっていないだろう。保険証が必要ないことから、年齢を誤魔化《ごまか》す客は多い。建前上、十代の場合、このクリニックでは保護者の付き添いを必要としている。

手術室は、見ようによってはエステティックサロンのようでもある。清潔な雰囲気と壁に掛けられたトーマスのリトグラフ、看護婦のピンクの制服は、客を緊張させないよう気遣ってのことだ。

客がベッドに横たわる。もちろん、服はつけたままで構わない。髪を伸縮性のある布でまとめ、顔を剝出《むきだ》しにする。目の周りをガーゼで消毒する。ライトを顔に近付ける。きゅっと瞳孔《どうこう》が収縮する。

「木元さん、点眼剤をとって」

と、マスクをかけた看護婦に声をかけると、淡々とした声が返ってきた。

「森です」

私は看護婦を見直した。よく見れば確かにそうだ。マスクによって隠された顔は、目だけでは判断がつかない。このクリニックには三人の看護婦がいるが、三人とも私が目に整形を施していた。

点眼すると、客の眼球から緊張が消えた。もう瞬きすることもない。意識はあっても、目だけは死んだと同じだ。瞼を指先でめくると、白く半透明な脂肪に毛細血管がへばりつくように広がっている。若い目だと思う。

施療法は埋没式と話がついていた。二重にしたいラインの上から、細い糸を二ヵ所程度、瞼の軟骨にかけるだけだ。五分程度で済む手術である。それだけで、たぶん彼女が自分の容姿に目覚めた時から続けていただろう、糊《のり》やテープを使っての二重瞼にする苦労はもう必要なくなる。

麻酔を施し、それが効いていることを確認してから、私は糸を通した針を瞼に近付けた。開き切った目という器官は何て無防備なのだろう。この針を、瞼ではなくこのまま眼球に刺し込めば、何の抵抗もなくするりと迎え入れられる。それは柔らかな硝子体《しょうしたい》に包み込まれるように通り、網膜を越え、黄色い眼窩《がんか》脂肪体を抜けて脳へと辿《たど》り着く。

ふと、そうしてみたい衝動にかられるが、指先は客を裏切ることはない。私は手早く手術を完了した。

「終わりましたよ。十五分ほど冷やして、それからお帰りくださいね。お化粧は念のため、明日一日は避けていただいた方がいいと思います」

声をかけると、客はまだ麻酔が効いて力の戻らない目で私を見た。実際に鏡を見るまでは不安なのだろう。しかし、彼女は間違いなく美しさを手に入れた。合わせて一ミリほどの四つの縫い跡は、期待以上の幸福を彼女に与えるはずだ。

その客が訪れたのは、診療時間も終わり、看護婦たちも帰った後だった。

私は会計事務所に渡す帳簿に頭を痛めながら、いつもより遅くまで残っていた。玄関の方から声があって、帳簿から顔を上げた。

時折、予約なしで訪れる客がいる。ドアには鍵をかけておくようにと、看護婦に言っておいたのに、と舌打ちしたいような気分になった。それでも出ないわけにはいかず、私は椅子から立って玄関に向かった。待合室と玄関は明かりを落としてあり、廊下からの逆光で、黒い影だけが見えた。

「申し訳ありません、今日はもう終わりましたので」

丁寧に言うと、くぐもった声が返ってきた。

「庸子？」

「え？」

「私、覚えてない？」

黒い影がわずかに動いた。そのせいか足元に粘りつくような生温《なまぬる》い外気が触れた。私は彼女の顔が見えるよう、左に進んだ。それに合わせるように、彼女も身体の向きを変えた。廊下の明かりが彼女の顔を照らし出す。喉の奥で小さな叫びが上がりそうになり、私は慌てて飲み込んだ。

「吉江……」

「覚えていてくれたのね。嬉《うれ》しいわ」

彼女はほほ笑み、私もそれを返そうとしたが、頬がぎこちなく強《こわ》ばった。

「どうしてここが？」

「雑誌の広告を見たの。もしかしたら同姓同名かなって思ったのだけど、やっぱり庸子だった」

「久しぶりね。高校を卒業してからだから、十年以上になるかしら」

「十年と三ヵ月二十五日よ」

「………」

「庸子、相変わらず、きれいね」

「吉江だって」

と、言いかけて、その後を言おうとした無意味なお世辞に気付き、言葉を換えた。

「元気そうね」

「上がってもいい？」

どうぞ、と、私は吉江を招き入れた。待合室の明かりをつけて、ソファで向き合うと、明かりに彼女の顔がはっきりと照らし出された。吉江は少しも変わっていなかった。変わらず、醜かった。

脂肪のたっぷりついた瞼は、いつも眠っているように瞳を半分しか見せていない。鼻は低く丸く大きく、そのせいか鼻先の毛穴が開き黒ずんでいる。唇は外にめくれたように厚く、エラは張り、顎は短くて、太い首と境目がないまま繋がっていた。

「今日は相談があって来たの」

「なに？」

「整形してもらおうと思って」

「え？」

「私、きれいになりたいの。庸子のように」

吉江の目がまっすぐに注がれる。

「頼めるかしら」

「そりゃあ……」

「よかった」

「でも、どうして私に？」

「どうせなら、知っている人にやってもらいたいと思って。やっぱり不安だから」

「どこを直したいの？」

「全部」

「全部って？」

「顔も身体も全部よ。私の場合、何から何まで直さないと、きれいにはなれないでしょう」

思わず相づちを打ちそうになって、慌ててこらえた。

「費用のことは大丈夫。どれだけかかっても構わないから」

「それは友達なんだし、いろんな面で考慮はさせてもらうけど」

「ただね、都合でこういう時間にしか来られないの。だから診療時間外になるけどいいかしら。それと、できたら誰にも見られたくないの。看護婦さんにも。庸子ひとりで、何もかもやってもらいたいの」

それにはさすがに首を振った。

「それは無理よ。時間のことは何とかなるけど、看護婦は必要だわ」

吉江は膝に乗せていたバッグのファスナーを開き、中から封筒を取り出した。

「五百万あるわ」

テーブルに置かれた封筒に目がいった。二重瞼の施療なら、三十人分以上の金額だ。

「足りないようなら、まだ出すわ」

私は封筒の厚さを見つめた。断ろうと思えば、断ることもできた。けれど断る必要などどこにあるだろう。美しくなりたいという女たちの望みを叶えることが私の仕事だ。看護婦がいなければ絶対にできないというわけでもない。何より私はお金が欲しかった。それも税金のかからないお金。

「わかったわ、引き受けるわ」

「よかった」

吉江は目を輝かせた。けれど、その目も厚い瞼に覆われて、半分しか見えなかった。


その夜、私は恋人とセックスをしながら、吉江のことばかり考えていた。

「何だか、心ここにあらずって感じだな」

汗ばんだ身体を、彼は離した。

「ごめんなさい」

「何かあったのか？」

「ちょっと仕事のことをね」

「今度はどんな手術するんだ？」

「すごく醜い女よ。何から何まで美しくして欲しいんですって」

彼は大げさに肩をすくめた。

「恐いね」

「そう?」

「何のために、女は美しくなりたいんだろう」

「決まってるわ、男に愛されたいがためよ」

「本当にそうなのかな」

「他に理由がある?」

「俺も、最初はそう思ってた。でも、違うんじゃないかって、今は思うよ」

「どうして?」

「昔、付き合ってた女が、いつも口でイカせてくれたんだ。俺は、俺のためにそうしてくれているものとばかり思ってた。ところが、そうじゃなかった。精液はタンパク質がたっぷり入ってて、肌にいいんだってさ。それを聞いてから、俺は彼女には立たなくなった」

「ふふ」

「続き、やろうぜ」

恋人が足を割って入って来る。私は目を閉じ、快感だけに集中しようとする。窓を震わす風の音に混じって、私の声が昇りつめてゆく。

手術は顔から始めることにした。

吉江の瞼の脂肪は多い。そのせいもあって、埋没法ではなく切開法を、と彼女自身が希望した。確かにこの方法であれば、どんな形の二重瞼も可能だ。

吉江は美容整形に関してかなり調べているようだった。驚くほど知識を持っていて、その分、要求も具体的だった。その話し合いは、訪ねて来たその日のうちにすべてついていた。

局部麻酔をして、睫《まつげ》の少し上にメスを入れる。気のせいかぶちっと弾けるような音がして、開いた皮膚の下に白い脂肪がのぞいた。私は鋏《はさみ》を使って、その皮膚を小さく楕円《だえん》に切り取った。そこから余分な脂肪をピンセットで摘《つま》み出す。吉江は微動だにしない。要望通り、目頭の蒙古ひだも切開した。こうすれば縦だけではなく、横にも広がる。最後に、それらをプロリン糸で縫い付けた。

糸で瞼を引っ張った拍子に、吉江と目が合った。開け放った丸い目で、私をじっと見つめている。ふっと、肌が粟立つのを感じ、私は慌てて指先に意識を戻した。

目が終了すると、鼻に移った。シリコンプロテーゼを挿入するのである。多少形を変えるぐらいなら、耳の軟骨を用いるのだが、吉江の場合は量的に無理だった。

右の鼻の穴を押し広げ、中の一部をメスで切開した。そこから器具を差し込み、鼻の背にあたる皮膚層と軟骨との間、それから目の方に上がって鼻骨と骨膜を剝離《はくり》し、ポケット状になった空間にプロテーゼを挿入する。

納まったところで、鼻の上から指で押さえ、位置を確認した。剝離した空間とプロテーゼのサイズが合っていないと、出来上がった際、鼻筋が歪《ゆが》んでしまうことがある。吉江の要求とはいえ、少しプロテーゼが大きすぎたのではないだろうか。いや、大丈夫だ、これくらいなら問題はない。その後、膨らんだ小鼻を小さくするため、左右の鼻の軟骨を切り取り、中央に寄せるようにして縫合した。

そういえば、前に勤めていたクリニックにひどく手先の不器用な医者がいて、術後ひと月ばかりでプロテーゼが皮膚を破って飛び出す、という事件があった。あの損害賠償はどうなっただろう。表沙汰にしたくない、という意識は客の方が強く、結果、泣き寝入りとなるケースが多い。手術のやり直しと微々たる金額を握らされて、それで終わりということがほとんどだ。しかし私はそんなヘマはしない。完璧な仕事をする自信がある。

すべてを終えて、私はひとつ息を吐き出した。

「今夜はここまでにしておきましょう」

声をかけると、吉江はゆっくりと身体を起こした。目には縫った跡が浮かび、鼻は腫れ上がっている。ますます醜さが増し、私は思わず目をそむけた。

「四日後に抜糸をするわ」

「顎先のシリコン挿入と、張ったエラを削るのは？　唇も小さくして欲しいって言ったでしょう」

「それは、今度にしましょう」

「どうして？」

「そんなにいっぺんにはできないわ。顔がひどく腫れ上がってしまう」

「どうせ腫れるんだもの、一度に済ませてしまった方がいいわ」

「あせらないで。目と鼻の様子を見て、そのバランスに合わせた方がより完成度が高くなるから」

私は手術に使った器具を片付けながら答えた。

「時間がないのよ」

「時間？」

吉江の腫れ上がった目が、私を見つめている。それは有無を言わせぬ不気味な力を持っていた。

「いいから、やってちょうだい。もう形もサイズも決まってるんだから」

「でも」

「お金を払ったわ」

その言葉にいささか不愉快になり、私はぶっきらぼうに言った。

「責任はとれないわ」

「わかってる。それを承知で言ってるの」

吉江は再びベッドに横たわった。

結局、その言葉に押し切られるように私は再び手術を始めた。まずは顎と口の周りに局部麻酔を何本か打つ。効いてきたところで、顎先にシリコンを挿入するため、下唇をめくり、その付け根にメスを差し込む。流れ出る血を拭き取りながら、骨と肉を削ぐように開いてゆく。唇は伸びてだらりと垂れ下がる。薄桃色の肉を割りながら、下顎骨の上に被せるようにシリコンを挿入する。押し返そうとする筋肉をねじ伏せる。それを納めると、顎先の皮膚がふっくらと持ち上がった。これで完了だ。切り口を縫い、今度は唇に移る。柔らかな皮膚はメスが入りにくい。唇の一センチほど内側を一周切って脂肪を抜き、再び縫い付ける。赤い舌がわずかに動いて、血の混じった涎《よだれ》が口角から流れ出るのを、ガーゼで拭き取る。

続いて耳の付け根を開き、小型の電気ヤスリのような器具で骨を削った。骨は白く丈夫そうだった。削る音と振動は、吉江の頭蓋骨を激しく震わせているだろう。顎は運動がさかんな場所だ。もう少し削る予定だったが、やり過ぎると、ものを食べたり衝撃を受けた時に呆《あっ》気《け》なく折れてしまうことがある。余裕を残して終わろうとすると、かすかに吉江の声がした。

「もっと……」

「え……」

見えもしないのにどうしてわかるのだろう。

「これで限界よ」

「もっと」

どうにでもなれ、と思った。吉江の要求なのだ。私の責任じゃない。関節の下を五ミリ程度残し、ぎりぎりまで削った。

すべてが終わる頃は、明け方近くになっていた。

「少し、休んでいった方がいいわ」

という忠告には耳を貸さず、吉江はベッドから起き上がった。彼女の顔はまるでランチュウのように膨れ上がっていた。吉江はまだ麻酔が残っていて、うまく呂律《ろれつ》が回らない。

「明るくなったら、驚かれるから。じゃあ四日後にまた来るわ。その時に、脂肪吸引と豊胸ね」

「ええ」

「楽しみだわ」

ぼこぼこと発泡状に膨れ上がり、あちこちにテープやガーゼを貼られた顔で、吉江はかすかに笑うと、サングラスとマスクで顔を覆い、帰って行った。


疲れていた。

ひどく疲れていて、せっかく恋人の部屋を訪ねたのにセックスする気も起こらなかった。それでも恋人は少しも不機嫌な顔は見せず、私の髪を撫でた。

「他人をきれいにするのはいいけど、そのせいで君の疲れた顔を見るのはたまらないな」

「ごめんなさい」

「例の女かい？」

「ええ。一晩で、顔を全部作り変えたの」

「全部って全部？」

「朝までかかって、目と鼻と唇と顎」

「そりゃすごい。それで美人になったかい？」

「腫れはしばらく引かないわ。でも、ひと月後には、すごい美人よ」

「ふうん」

「見せてあげたいわ」

「ごめんだね」

恋人は私に口づける。私は少しずつ欲望が湧き始めるのを感じる。恋人は、私にはなくてはならない存在だ。私はベッドの上で彼の手によって手術され、もっともっと美しくなる。


四日後の夜、九時きっかりに、吉江は現われた。

腫れはだいぶ引いていた。それでも糸が皮膚に食い込んでいて、そこに赤いかさぶたが浮かび、縫い目がはっきりと見てとれた。

クリニックによっては、抜糸に一週間ほどの期間をおくところもあるが、私は四日と決めている。時間をかければ傷が開く危険性はないが、糸の跡がまれに残ることがある。早めの方が仕上がりは美しい。

今夜は脂肪吸引を行なうことになっていた。手術の前には、いつも簡単な検査を行なう。貧血がないか、出血が止まりにくくはないか、というようなチェックをするのだ。しかし吉江はそれを断った。

「そんな面倒なことはいいわ」

「でも、何かあったら大変だから」

「なにかって、死んだりするの？」

「まさか」

「だったらいいわ、このままやって」

吉江は服を脱ぎ、手術台に横たわった。全裸だ。思いがけず豊かな陰毛が目に飛び込み、その黒さがどこか忌まわしさを感じさせ、私を落ち着かない気分にさせた。

腹部の脂肪吸引の場合は、臍《へそ》の中か陰毛の中を五ミリ程度切開して、そこから金属の管を差し込み、脂肪を吸い取る。どれくらいの脂肪を吸引するかは、医者の判断に任される。取り過ぎると、皮膚と筋肉がくっついたりひきつれを起こしたりして、でこぼこ状になってしまう。

私は吉江の要求通り、臍の中を切開した。そこから脂肪の中に突き刺すように、長さ三十センチばかりのカニューレと呼ばれる金属チューブを差し込んだ。電源を入れると、掃除機の要領でカニューレが脂肪を吸い始める。私は後ろを振り向いた。そこには機器の本体があり、透明のタンクに脂肪が落ちてゆくのが見える。血とリンパ液の混ざった粘液性の脂だ。まんべんなく吸引するため、私はカニューレを左右に手早く動かした。こうして上から見ていると、皮膚の下で巨大な回虫がのたうち回っているようにも見える。

脂肪吸引はその他にもヒップと、太股《ふともも》、二の腕に行なった。

二リットル以上の脂肪吸引は、貧血を起こすこともあり危険を伴う。もちろんそのことは手術前に説明したが、当然のごとく吉江は「構わない」と言った。

ぎりぎりの三リットルを吸引した。これ以上はさすがに私も自信がない。いや、正直言って、不安だ。今まで、一度にこれだけの量を吸引したことはない。しかし吉江の強い希望だった。たとえ何かあっても、私の責任を追及しないという約束を事前にしている。

そんな約束など、実は無意味なものであるということはわかっていた。美容外科に告訴はつきものと言っていい。わかっているが、私はもう、どうでもいいような気持ちになっていた。吉江の要求に気圧《けお》されていた。

抜き取った脂肪は豊胸のために注入する。そのことにも私は最初反対した。私はいつも生理食塩水のカプセルを用いている。もし何らかの事故で破れても、身体に害はない。自分自身の脂肪であれば拒否反応が起こらない、という考えの医者もいるが、死んだ脂肪が確実に生着するとは、私は考えていなかった。

しかし、これも吉江に押し切られた。

「その方法はいけないって、決められているわけじゃないんでしょう」

吉江の胸も脂肪も吉江のものであり、それ以上、反対する理由はなかった。

最後は性器だ。そのての手術は、私はほとんど手掛けたことはない。そんな私に、吉江は図まで描いて説明したのだった。

「私は小陰唇が肥大しているの。それを直して欲しいのと、膣《ちつ》口を小さくしてちょうだい」

赤茶けてぬらぬらと光る性器を見た時、私は軽い吐き気に襲われた。自分がしていることに嫌悪を感じたのは初めてだった。吉江の足の間に頭を突っ込んだ自分の姿は、まるで彼女にひれ伏しているような感覚さえ覚え、屈辱的な気持ちになった。

吉江が麻酔から目を覚ましたのは、すべての手術を終えて三十分ほどしてからだった。

「終わったの？」

その声に、私は後片付けの手を止めて、顔だけ向けた。

「ええ」

「抜糸はないわね」

「ないわ、溶ける糸を使ったから。後で、アフターケアの説明をするわ」

「それはいいわ、みんなわかってるから」

「そう」

「これで私、きれいになれるのね」

「ええ、間違いなく」

吉江が頷く。その笑みは、不気味なほど満足感に溢《あふ》れていた。私は彼女に背を向け、器具の後始末を続けた。

「ねえ、庸子」

「なに？」

「あの時、写真を張ったの、庸子でしょう」

私はふと、メスを消毒する手を止めた。

「高校の時の学園祭よ。ミスコンテストの掲示板に、私の写真を張ったでしょう」

「何の話?」

私は再び、手を動かした。

「それと、バスケット部の野村くんに、私の名前でラブレターを出したのも庸子ね」

「そんなことしてないわ」

「いいじゃない、今さら隠さなくたって」

「違うわ、私じゃない」

振り向くと、知らない女が笑っていた。知らない目、知らない鼻、知らない顎を持った女。もう、吉江は吉江じゃない。

「帰るわ」

彼女は身体を起こした。私は驚いて、ベッドに近付いた。

「無理よ、今夜はここに泊まっていけばいいわ。明日は土曜日でクリニックもお休みだし」

「いいの、帰るわ」

よろけた足で彼女は立ち上がった。その時、私は恐怖さえ抱いた。そんなこと、できるはずがない。彼女の身体にどれだけのメスが入ったか、カニューレがどれだけの脂肪を抜いたか。

下着をつけ、洋服を着て、彼女が出てゆく。帰りぎわ、彼女はもう一度聞いた。

「きれい?」

頷くと、彼女はよろめく足で玄関を出た。その後ろ姿が、暗闇に溶け込むように消えた後、私はトイレに駆け込んで吐いた。

高校の時、吉江の醜さは、私をいつもイライラさせていた。

彼女が醜いのは、彼女の責任ではないとわかっていても、私は彼女を許せなかった。醜い女が実は繊細な心の持ち主である、というのは幻想に過ぎない。彼女はその上、その顔にふさわしい愚鈍さを備えていた。

確かに、私がやった。ミスコンテストの写真が張られた掲示板に、吉江のそれを並べたのだ。吉江は散々笑い者になった。ラブレターを書いたのも私だ。吉江の鞄《かばん》に日記を見つけ、バスケット部のエースだった男の子に憧《あこが》れていることを知ったからだ。彼からは「気持ち悪いから近付くな」という返事をもらった。

それでも、彼女はいつもへらへらと笑っていた。そんな彼女を見ていると、自分でも信じられないくらい苛立《いらだ》たしさを感じて、吉江が気がつかないことをいいことに、私は彼女を陰で苛《いじ》め抜いた。

卒業で、彼女と離れ離れになる時、本当にホッとした。彼女にはうんざりしていたが、その彼女を容赦なく苛める自分にはもっとうんざりしていた。

あれから十年、私は今、醜い女たちのために働き、それでお金を得ている。

その日以来、ひと月たっても、吉江は姿を見せなかった。

来ないということは術後の経過もよいのだろうと、私はむしろ安心していた。誰ももう彼女を吉江だとは思わない。吉江はもうこの世に存在しないと同じだ。今頃、今までとはまったく違う男たちの視線を浴びながら、満足に生活しているだろう。

そうやって、私は吉江のことはほとんど忘れてしまっていた。

自宅のマンションにその電話がかかってきたのは、穏やかな日差しが差し込む日曜日の午後だった。週末はいつも恋人と過ごすのだが、彼の仕事の都合で会えなくなり、せっかくの休みを私はぼんやりと過ごしていた。

「もしもし、わたくし井関と申します。野口庸子さんのお宅でしょうか」

丁寧過ぎて、むしろ失礼な感じさえ与える声だった。

「そうですが」

「庸子さん？」

「ええ」

「私のこと、覚えてない？　高校三年生の時、隣りのクラスにいた倉田よ。今は結婚して井関になっちゃったの」

「はあ」

そんな名前を聞いたことがあるような気もするが、顔はまったく思い出せない。

「お元気？　美容クリニックを開業されたんでしょう。いつも雑誌に広告出されているの、私、感心して見てるのよ。高校の時から庸子さん、頭もよくて美人で、私たちとはどこか違ってたもの。何かなさる方だとは思っていたけど、美容クリニックとはね。私も直していただこうかしら。あら、でも、土台が私じゃ、直してもたかがしれてるわね」

甲高《かん》い笑い声が受話器を通して不快に届く。目的はすぐにわかった。セールスだ。何のセールスだか知らないが、このての電話はしょっちゅう受けていた。大学、高校、中学、果ては小学校までの名簿を引っ張りだし、手当たり次第に電話をかけて勧誘する。株に不動産に化粧品、健康食品、新興宗教。今度はいったい何のセールスだろう。

「ところで、庸子さん、生命保険、どうなさってる？」

ほらきた、と思った。

「入ってるわ」

「どんな保険かしら？」

「よく覚えてないけど、私は、今入っているので十分だから」

私はやんわりとした口調で断った。もちろん、それだけで引き下がるような相手ではない。

「あら、ダメよ、ダメ。そういう無関心では将来損をするのはあなたよ。うちの新しい保険は、いろいろと特典がついているの。絶対に損はさせないわ。ねえ一度、説明にあがらせていただけないかしら」

「悪いけど、今はそのつもりはないの」

「みなさん、最初はそうおっしゃるの。でも、内容をみてくださったら、たいていの方はうちの保険に入ろうって気になってくれるのよ。たとえばね」

私は電話を切るための口実を探したが、それより早く、彼女がまくしたてる。

「たとえば、保険金が生前に受け取れるという特典があるの。こんな話、縁起でもないけど、死んでからお金が出てもしょうがないでしょう。それでね、医者から余命が宣告されると、その時点でお金が下りることになってるの。だから生きてる間に好きに使えるのよ」

「ごめんなさい、今から出掛けようと思ってるの」

しかし、その声にかぶせるように彼女は言った。

「覚えているかしら、吉江さん。河野吉江さん。ここだけの話だけど、あの方も、それでお金を受け取ったの」

「え……」

私は受話器を持ち直した。

「かわいそうに、末期ガンなんですって。うちの保険に入ってもらった時はあんなに元気そうだったのに。それでね、医者からあと三ヵ月だと宣告されて、保険が下りたのよ。何に使うのかは知らないけれど、使えずに死んじゃうよりいいわよね。ねえ、庸子さんもどう？もちろん別のもあるわ、年金形式で受け取れるものとか。そういったこともいろいろご説明したいから、一度お会いしたいの、もしもし、庸子さん、聞いてる？　庸子さん」

私は受話器を置いて、しばらく立ち尽くした。吉江が末期ガン。もうすぐ死ぬ？

悪い冗談だと思った。そんなふうにはまったく見えなかった。しかし、もしそうだとしたら、吉江は最後の望みとして、どうしても美しさを手に入れたかったのだ。

胃の底の辺りにひどく重苦しいものを感じた。けれどすぐに、それならそれでいいと思い直した。早い話、私は人助けをしたのだ。吉江は今頃、望みが叶って、死ぬまでの時間を満足に暮らしているはずだ。

同情はしたが、大した感慨はなかった。私は頼まれた仕事をきちんとやった。その後、吉江がどうなろうと、私には関係ない。


夜空には赤い月が出ていた。湿っぽい風が、濡れた髪のように首筋を撫でてゆく。

私は恋人のマンションへと向かっていた。ここのところ会えない日が続いて、彼が欲しかった。今夜は、どんなに遅くなっても帰りを待つつもりでいた。

チャイムを鳴らしても応答はなく、私は合鍵を使って玄関に入った。その時、上がり框《がまち》に揃えてあるハイヒールに気付いた。それを見た瞬間、カッと頭に血が昇った。いないのではない。出られないのだ。なんてことだ。恋人は女を連れ込んでいる。

寝室の前に立って、ドアに耳を近付けた。間違いなかった。男と女の喘《あえ》ぎ声が、もつれるように漏れてくる。それはすでに部屋の中で行なわれている一部始終が見えてしまうような淫《みだ》らさだった。

このまま帰ろうという気には、到底なれなかった。私はもうすっかり自分をなくしていた。ドアを開けた。暗闇の中で、ふたつの白い身体が揺れていた。恋人はベッドに横たわり、女がその上にまたがっている。恋人は行為に夢中なのか、私が入って来たことにも気付かない。女の髪が背中で上下に跳ねている。

私は驚きと屈辱と興奮とで、声が喉に張りついた。

その時、ふと、女が顔を向けた。

美しい女。何て美しい。その女は、茫然と立ち尽くしている私にほほ笑んだ。

瞬間、私の身体は凍りついた。その顔、その胸、その身体、見覚えがある。いいや、それはすべて私が作ったものだ。

「吉江……」

恋人が、今まで聞いたこともないような快感の声を上げる。吉江の笑みは、ほほ笑みからもっと確信したものへと変わり、やがて激しく笑い始めた。

いけない、と思った。いけない、そんなに笑っては。

その時、吉江の顔が歪んで見えた。いや、見えたのではなく、明らかに吉江の顔は歪んでいた。ほんの五ミリしか残さなかった顎の骨が折れたのだとわかった。顔の輪郭はそれで一挙に変わった。それでも吉江は笑い続けている。

すぐに口から血が流れ始めた。顎の骨が折れたことで、顔の筋肉に異常な負担がかかったのだろう。顎先にシリコンを入れた時の傷口が開いたのだ。それは白い首を伝って胸にたらたらといく筋も広がった。同時に、鼻先に白い突起物が見えた。プロテーゼが皮膚を破って飛び出したのだ。二重にした目は引きつり、目玉がこぼれ落ちるほどに大きく見開かれている。

私の足が震え始める。逃げだしたいのに、足が竦《すく》んで動かない。

恋人は我を失って、ひたすら声を上げ続ける。吉江の腰に手を掛け、もっと深く彼女の中に入りたいと望んでいる。

異様なにおいがたちこめた。吉江の乳首から濁った液体が糸を引いて落ち、それは彼女の下腹部の豊かな陰毛を濡らした。脂肪だ。豊胸で注入した脂肪はやはり生着しなかったのだ。乳房の中で腐り、細胞たちに拒否され、行き場を失って、ついに乳首から噴き出した。

血は臍からも流れ出ていた。もう何もかもがわかる。今、吉江のからっぽになった皮膚の下では、毛細血管が破れ、血とリンパ液と膿とが混ざり合い、沸騰している。膣は痙攣《けいれん》を起こし、死ぬほど強く恋人のペニスを締め上げている。

吉江は姿を変えてゆく。吉江が崩れてゆく。

私はただ立ち竦んでいる。

やがて、吉江はその残骸《ざんがい》のような笑顔で私に尋ねた。

「きれい？」

部屋の中は饐《す》えたにおいと、濁った吐息と、恋人の喘ぎ声に包まれている。

耳鳴りにも似て

美しい川だった。

水面は陽が差してきらきらと輝き、流れを覗き込むようにして目を凝らすと、それは時折、魚の鱗《うろこ》であったりした。川は切り立った崖《がけ》に沿うように流れ、二十メートルほど向こうの岸に生い茂る野草は水しぶきを浴びて、緑をいっそう濃く深めている。川原の石はどれも瑪瑙《めのう》のように色鮮やかで、足の裏につるんとした感触をもたらす。

上流に目をやると柔らかく蛇行したはるか先に、頂きを白く彩《いろど》った山々が連なっていて、空気が澄んでいるせいで稜線は空との境目をくっきりとつけていた。

ゆっくり息を吸い込んで、下流へと視線を滑らせる。すると突然、強い風が吹いて帽子を舞い上げる。あっ、と小さく叫び、慌てて手を伸ばすのだが、麦藁《むぎわら》に赤いりぼんのついた帽子はいったん高く舞い上がった後、左右に揺れて川に落ちる。帽子はしばらく流れに身を委ねるようにゆらゆら揺れて、不意に、まるで引きずり込まれるように見えなくなる。

そこで宏美は目が覚めた。

起きた瞬間、軽い吐き気に襲われた。決して不愉快ではないのに、もどかしい気分が澱《おり》のように頭の底に沈み、不安な気分になった。

目を閉じたまま、宏美はベッドの中でしばらく気分を整えた。手繰り寄せるように現実を意識の中に取り込んでゆきながら、なぜ、そんな夢を見たのだろうと考えた。

もしかしたら、つい先日現われた小夜子の存在にあるのかもしれない。

小夜子は不意に現われた。

土曜日の午後遅く、電話が鳴って、受話器の向こうからまるで覚えているのが当然のような口振りで「私」と言った。アパートの窓の外に広がる泰山木の濃い緑を見つめながら「誰?」と宏美は尋ねた。それを尋ねた時、相手が誰だかわからなくても、何かとてもいやな感じがした。

「そうよね、わかるわけないわよね。私、小夜子。覚えている? 田舎で一緒だった」

「ああ」

彼女とは小学校と中学校が七年間ばかり同じだった。

「ええ、覚えてるわ」

そう言うと、小夜子は弾んだ声で答えた。

「よかった。私ね、最近こっちに引っ越して来たの。駅の東側のTマンション。そこの八階の807号室。近いでしょう。宏美のアパートまで、車だったら五分もかからないんじゃないかしら」

そのマンションなら知っていた。今年の初め建ったばかりの豪華なマンションだ。

「同窓会の名簿で、宏美の住所を見付けて、すごく懐かしくなって。ねえ、会えない? できたら、これから伺いたいんだけど、どうかしら?」

「これから？」

「時間はそんなにとらせないわ。都合、悪い？」

夕方には、潤一が来ることになっていた。その前に部屋を掃除して、夕食のための買物を済ませておきたい。会社の同僚でもある潤一とは、もう二年の付き合いだ。まだ口約束だけだが来春には結婚することになっている。断ろうか、と思った瞬間、小夜子は言った。

「まさか、会えないなんて、そんな冷たいこと言わないでしょうね」

「そうね、一時間ぐらいなら」

どうしてそう答えてしまったのか、宏美は言った自分に舌打ちしたくなった。あの頃もそうだ。小夜子の言うことに、首を横に振ることができない。その鉛筆可愛いわね、貸して。居残りが終わるまで校門の前で待ってて。宏美はそれに逆らったことがなかった。逆らえなかった。逆らうのが怖かった。

「宏美ちゃんは、小夜子ちゃんの家来だから」

友達がそう言っているのは知っていた。屈辱的な気持ちにもなった。どうして自分が彼女に対してそうなったのか、よく覚えていない。ただ、いったん課せられた役割は、中学二年生の時、父の転勤でその町を離れるまで変わらなかった。宏美はずっと小夜子の家来だった。

アパートに現われた小夜子は、あまりに想像通りの女になっていて、宏美を啞然とさせた。背中の真ん中まである長い髪を大きくカールし、所々を明るくブリーチしている。着ている服も持っているバッグも高級品であることは瞭然だった。くっきりとアイラインを引いた目は、どこかあざとい光を湛《たた》えていて、その目に見つめられると宏美はあの頃と同じように自分が萎縮するのを感じた。

「ほんとに久しぶり、宏美、ちっとも変わってないのね」

小夜子は嫣然《えんぜん》と言って部屋に上がり、中を見回した。

「小夜子こそ」

宏美は過去の自分を連想させないよう、まっすぐに小夜子を見て答えた。

「S商事にお勤めなんでしょう。なかなかいい会社じゃない。お給料も結構もらってるんでしょうね」

「そうでもないわ、私はただの事務だし」

「でも七年も勤めていれば貯金も相当貯まったんじゃないの。それで、結婚は？」

「まだだけど」

「その言い方は、少くとも対象になる恋人はいるってことね」

「…………」

「いいわね、宏美。何もかもがうまくいってるみたいで」

「そんなことないわ、普通よ。それより小夜子はどうなの？」

「私？　いろいろあったわ。実は三年前、離婚したの。見てくれはいいんだけど働かない亭主でね、ほんと散々な毎日だったわ。子供がいないのを幸いに、すっぱり別れたの」

「そう」

「まあ、それは正解だったわ。おかげで私、今はすごく楽しく暮らしているもの。ね、ところでこのアパート、家賃はどれくらい？　会社から住宅手当てとか出るの？」

「まさか、そんなもの出るはずないじゃないの。小夜子の住んでるマンションとは較べないでね、恥ずかしくなるから」

「うちは夜景が綺麗なの。一度、遊びに来て」

「コーヒーをいれるわ」

「ええ、ありがとう」

コーヒーを飲みながら、しばらくどうということのない思い出話が続いた。こんな話をするために、わざわざ訪ねて来たのだろうか、と怪訝な思いを抱き始めた頃、小夜子はバッグの中からパンフレットを取り出した。

「実はね、私、今こういうことをしてるの」

健康食品のカタログだった。小夜子はテーブルの上のカップをよけて、それを広げた。

「最近、疲れがとれないとか、肩凝りがひどいとか、そういうことない？」

「別に……」

「自覚がなくても、結構、無理しちゃってることって多いのよ。そういう時、これは本当に効くの。いろんな薬草をブレンドして粉末にしたものなのね。水とか牛乳に溶かして飲むの。私、ずっと生理痛がひどかったんだけど、これを飲むようになってから嘘みたいに消えちゃったわ。ねえ、あなたも使ってみない？」

なるほど、と思った。つまりそういうことなのだ。時折、どこで調べて来るのか、同級生だと言ってさまざまな勧誘がある。つい先日も、英会話の教材はいらないかと、聞いたこともない名前の同級生が電話を掛けて来たばかりだ。

「私、今のところ、必要ないから」

宏美は指先で軽くパンフレットを押し戻した。

「みんなそう言うのよ。でも、今の健康がいつまで続くかなんてわからないでしょう。私たち、もうそんなに若くはないんだもの。健康は大切にしなくちゃね。あら、そう言えば、小学校の時、川で溺《おぼ》れた子がいたわよね。私たちの目の前で。覚えてるでしょう。この間、と言ってももう二、三年前だけど、田舎の友人が十七回忌に呼ばれて行って来たんですって。早いものね。あれからそんなにたっちゃったなんて。あの子の分も、私たち、ちゃんと生きなきゃね」

川の流れ。水面の輝き。断片的な映像が浮かび上がる。

小夜子が赤い唇の両端をきゅっと持ち上げた。

「実はね、これはあなたに売ろうってばかりの話じゃないの。もちろん買ってもらえたら嬉しいけど、ことによっては、あなた自身も儲けることができるのよ。あのね、うちの会員にならない？　そうしたら定価よりずっと安い値段で仕入れられるわ。で、今度はあなたがそれを誰かに売ればいいの。もちろん定価でね。その差額が収入になるのよ。何なら、あなた自身も会員を集めればいいわ。そうしたら自分で売らなくても収入を得られるようになるの。

そういうシステムになっているのよ。ここだけの話だけど、これが結構いいお金になるの。私だって、それをやるようになったから、あのマンションに住めるようになったのよ。自分が健康になって、世の中の人を健康にしてあげて、そのうえ収入も得られる、これって一石二鳥そのものだと思わない」

小夜子がバッグの中から白い紙を取り出し、さまざまな説明を始めたが、宏美にはぱくぱくと口が動いているとしか見えなかった。何やら気持ちの焦点が合わず、頭に薄い膜がかかったようだった。

「とりあえず、ここにハンコを捺してくれるかしら。すぐに現物を送るから。心配しないで、どうってことないわ。私でさえやってるんだもの。簡単よ。こう言っては何だけど、ＯＬやってるより何倍もの収入が期待できるのよ。楽しみにしてて」

川のせせらぎ。石の感触。風。赤いりぼんのついた麦藁帽子。あの夏の日の午後。

「ねえ、ハンコ」

なぜ、あの時、ハンコを捺してしまったのだろうと、宏美は今になって思う。

そうだ、アパートに潤一が来たからだ。宏美は慌てて立ち上がり、タンスのいちばん上の引き出しからハンコを持って来た。自分が何をしようとしているのか、よくわからなかった。とにかく、小夜子に帰ってもらいたかった。潤一に会わせたくなかった。

ハンコを捺すと小夜子は満足そうに立ち上がった。玄関で、ふたりは顔を合わせた。小夜子が潤一に何か話し掛けた。潤一が戸惑いながらそれに答えた。ほんの短い時間だった。けれども宏美には息が詰まるようだった。

「誰？」

小夜子が部屋を出て行ってから、潤一は尋ねた。

「昔の友達」

宏美は短く答えた。

「それってマルチじゃないの？」

玄関に運び込まれた健康食品の段ボール箱の山を見ながら、文子が言った。

「マルチ？」

宏美は押し入れに片付ける手を止めて振り返った。

「そうよ、マルチ商法。ねずみ講ってやつよ。いろいろうまいこと言うけど、結局はお金を巻き上げられるだけ。どうしてそんなものに手を出しちゃったのよ」

「昔の友達に頼まれたの」

「馬鹿ね、そんなものを押しつけるなんて友達なわけないいじゃない。どうしたの、いつも慎重な宏美が、こんなものに引っ掛かっちゃうなんて」

文子は会社の同僚で、入社の時から親しくしていた。話があると言ってアパートに遊びに来たのだが、その最中に、宅配便で段ボールが届き、それについて説明をしたばかりだった。

「引っ掛かったわけじゃないわ。払ったお金の分はちゃんと商品を受け取っているんだもの」

「売るアテはあるの？」

「それは今から探すけど」

「私は一箱ぐらいしか買ってあげられないわよ」

「まさか、文子に売ろうなんて思ってないわ」

「じゃあ、誰に売るの？」

「それは」

「とにかく、こんなものにかかわってるとロクなことにならないわ。早くやめた方がいいって」

「ええ」

それから文子はひとつ息を吐き出し、宏美に身体を向けた。

「ねえ」

「なに？」

「潤一さんと結婚するんですって？」

宏美は驚いて文子の顔を見た。

「やっぱり本当なのね。ちょっと噂《うわさ》を耳にしたのよ。こういうことって、隠してても誰かに見られたりしてるものよ。それにしても水くさいじゃない。私にまで黙っているなんて」

「ごめんなさい。つい言いそびれて」

潤一は文子と同じ第二営業部にいる。もともと潤一とは彼女の紹介から始まったことだった。

「まあ、いいわ。許してあげる。でも、結婚するなら尚更、こんなことからは手を引いた方がいいわ」

「わかったわ」

文子にはそう答えたものの、宏美は断ることができなかった。どころか、小夜子はそれからもたびたびアパートに顔を出し、新規の購入を勧めた。

必然的に、潤一と小夜子は顔を合わせるようになった。特に、週末の夕方になると小夜子は決まって顔を出し、やけに長居をした。まるで潤一が来るのを待っているかのようにさえ思われた。

顔を合わすと、小夜子は持ち前の巧みな話術で、潤一から笑顔を引き出した。最初は戸惑っていた潤一も、少しずつ小夜子を受け入れるようになっていた。宏美はただ、小夜子が早く帰ってくれることを願った。そのためにも、小夜子が持ってくる契約書に早くハンコを捺さなければならなかった。さもないと、小夜子はいつまでたっても帰らない。押し入れの中はいつか段ボール箱で占められるようになっていた。

「ねえ、もしかしたらその女、マルチだけじゃなくて、潤一さんのことも狙《ねら》ってるんじゃないの」

文子が電話の向こうで、やけにまじめな声で言った。

「まさか」

自分で口火を切っておきながら、そう言われると不安にかられて、宏美は口ごもりながら否定した。

「宏美の話を聞いてたらそうとしか思えないわ。そういう女って、どこにでもいるものよ。人の持ってるものが欲しくてたまらなくなる女。小さい時からそうだったんでしょう。宏美のこと家来のように扱っていたんでしょう」

「昔のことよ」

「変わらないわよ、変わるわけないじゃない。むしろ、そういった性格は年をとればとるほどはっきり現われて来るものよ。かつて家来のように従えていた友達が幸福そうにしていたら、それを壊してやりたいと望んでもおかしくないわ。むしろ、そう思うのが当然よ。間違いないわ、その女、宏美からすべてを奪おうとしているんだわ」

文子の言葉は宏美が曖昧《あいまい》に抱えていた気持ちのひずみにやけにぴたりと当てはまった。

「はっきり言ってやりなさいよ。もう来ないでって」

「ええ、そうね、そうするわ」

「しっかりしなさいよ」

「わかってる」

その日は、潤一とふたりでビデオを観ていた。ビデオはどうということはないアクション映画で、それは潤一が駅前で借りて来たものだった。

八時を過ぎた頃、チャイムが鳴った。来訪の主が誰なのか、宏美にはすぐにわかった。身体が硬くなった。立ち上がろうとしない宏美を、潤一が怪訝な表情で振り返った。

「鳴ってるよ」

「いいの」

「どうして？」

「どうしても」

「変な奴だな、僕が出よう」

止める間もなく潤一はビデオをストップモーションにして、玄関に向かった。ドアが開くと同時に、華やかな小夜子の声がなだれ込んで来た。

「あら、潤一さんがいらっしゃるとは思わなくて。お邪魔かしら」

いつから小夜子は潤一を名前で呼ぶようになったのだろう。

「いえ、いいんです。どうぞ」

潤一が小夜子を部屋に招き入れる。宏美は顔を向ける。その時、自分の顔がひどく愛想のいい表情をしていることに傷つく。耳元でさわさわと川が流れ始める。

何を話したのか、よく覚えていない。ただ宏美はにこにこ笑って、小夜子に相づちを打ち、潤一はやけに機嫌よくビールを飲んだ。十一時近くになって、小夜子はようやく腰を上げた。

潤一の前だからか、今夜は小夜子は白い紙を出さず「また、改めて」と小さく耳打ちした。

「僕も」と、潤一も立ち上がった。

「ビデオを返さないと」

と、潤一は言った。明日でもいいのに、と宏美は思った。ふたりは並んでアパートを出て行った。ビデオを返してから戻って来るのか、そのまま帰ってしまうのか、聞いていなかったことを後悔した。部屋の真ん中で丸まりながら、宏美は待った。

潤一は戻って来なかった。


もう押し入れの中に段ボール箱は入り切らない。

小夜子が持って来る白い紙にハンコを捺すと、翌日の夜にはそれが届いた。払い込む金額もだんだんと増えて行き、結婚資金にと貯めていた預金にも手をつけるようになっていた。

「信じられない。まだ買ってるの。どうして断れないのよ。ビシッと言ってやればいいじゃない」

受話器の向こうで呆れたように文子が言った。

「ええ」

「宏美、その女に弱みでもあるの？」

「え？」

「じゃなきゃ変よ、どうしてそこまでしなくちゃいけないのよ」

また耳元でさわさわと川の流れる音がする。今夜もまた、あの夢を見るのだろうか。

もう間違いないわ、その女、宏美から何もかも奪おうとしているのよ。

文子が言った。

怖い女ね。人の幸福を妬《ねた》むことしか知らない女。このままでは、取り返しのつかないことになってしまう。

取り返しのつかないこと？

宏美はすべてを失ってしまうのよ。

このままじゃいけないわ。早く手を打った方がいいわ。その女、何とかできないの。

何とかって。

そう何とかするの。何をためらっているの、潤一さんを取られてもいいの。人生をめちゃめちゃにされてしまっていいの。

でも。

少し勇気を出せばいいのよ。ほんの少しだけ。それが今の宏美には必要なのよ。

それらの言葉は、本当に文子のものなのか、それとも自分の身体の奥深くから聞こえて来るものなのか、宏美にはもう区別がつかなくなっていた。

ただ、思うことはひとつだ。

小夜子さえいなければ。

あの女さえ、この世から消えてくれれば。

そうすれば、すべては元に戻る。

その夜、十時過ぎに宏美は小夜子の部屋を訪ねた。月曜日の夜だった。土日と、小夜子はまたもや宏美の前に現われ、白い契約書にハンコを捺させ、潤一に色目を使った。秋とは思えない生温い風が、まとわりつくように街路樹を揺らしていた。見上げると、月の出ていない間の抜けた夜空が広がっていた。

車は使わなかった。小夜子のマンションはよく知っている。すぐ近くにまで行って電話をかけた。「話があるの」と言うと、小夜子から「待ってるわ」と気楽な答えが返って来た。

「いらっしゃい。どうぞ、上がって」

小夜子はグレーのチノパンに黒いセーターというラフな格好で宏美を出迎えた。少し酔っているらしい、目元が赤く染まっている。

十二畳ばかりあるリビングは、ベランダ越しに夜景がよく見えた。小夜子に勧められるまま、宏美は壁ぎわのソファに腰を下ろした。テーブルの上には三分の一ほどの琥《こ》珀《はく》色の液体が入っているグラスが置いてあった。

「ひとりでやってたんだけど、宏美も飲む？」

小夜子はグラスを軽く持ち上げた。

「ううん、気にしないで。すぐに失礼するから」

「そう、それで話って？」

宏美は息を深く吸い込んだ。

「もう、やめたいの」

向かい側に座る小夜子の眉《まゆ》が、右側だけきゅっと持ち上がった。

「どういうこと？」

「マルチ商法って言うんでしょう。私ったら何も知らないまま小夜子の言う通りにしてしまったけど、もうやめたいの」

「ちょっと、言い掛りはよしてよ、何も騙してお金を巻き上げてるわけじゃないわ。ちゃんとそれだけの品物を安く渡してるじゃない」

「どれだけ安くても、私には売るアテがないの。どんどん品物がたまってゆくだけ。もう限界だわ」

小夜子はグラスを口に運んだ。白い喉が上下に動いた。飲み干すと、グラスをテーブルに戻し、まるで子供をあやすような口調で彼女は言った。

「そんなことないでしょう。会社の人とか大学の友人とか、売ろうと思えば相手はたくさんいるじゃない。親だって親戚だってそうよ。売れないんじゃなくて、売ろうとしていないだけなの。努力が足りないのよ」

「押しつけるようなことしたくないの」

「あら、私は何も、押しつけろなんて言ってないわ。あの健康食品は本当にいいものよ。買って後悔する人なんていないわ。そりゃあ、最初は半信半疑なところもあるかもしれないけど、飲んでみればよさがわかるわ。そのために最初はちょっと強引に迫らなくちゃならないこともあるけど、結局は、その人の健康のためになるんだから」

「でも、やっぱり私には……」

すると小夜子は不意に苛立った顔つきになり、叱《しか》りつけるような強い口調で言った。

「何をごちゃごちゃ言ってるのよ。宏美は私の言うことさえ聞いていればいいのよ」

それは幼い頃、いつも宏美に向けられていた言葉と同じだった。条件反射のように宏美は身体を硬くした。

「そうでしょう、ね、宏美」

小夜子は今度は猫なで声になり、あざとい目で笑いかけた。宏美は膝の上に視線を落とし、ぎゅっと手を握り締めた。

「ああ、何だか蒸すわね、今夜は」

小夜子がソファから立ってベランダのサッシ戸を開けると、白いレースのカーテンが大きく膨らんだ。少し頼りない足取りで、小夜子がベランダに出てゆく。

「ねえ、こっち来ない。夜景がきれいなのよ。この夜景が見られる限り、私は絶対にこの部屋を手放さないわ」

宏美は立って小夜子へと近付いた。駅に近いが、ベランダの向きは反対にあり、ここまで喧騒は届かない。遠くに夜光虫のような夜景が広がっていた。小夜子はベランダの柵《さく》に手を置き、こともなげに言った。

「もう三ケース分、ハンコをちょうだい」

宏美は返事をしなかった。何か言うと、叫びだしてしまいそうな気がした。小夜子が夜景に顔を向けたまま、こう言った。

「あの麦藁帽子、残念だったわね」

小夜子は小さく笑い始めた。それは徐々に大きくなった。湿った夜にじわじわと吸い込まれてゆくような、おぞましい笑い声だった。

宏美は咄嗟《とっさ》に屈んだ。チノパンから小夜子の白いアキレス腱《けん》が覗いていた。宏美は両手で抱えるように小夜子の膝に腕をまわした。ひっ、というような声が頭上でした。宏美は全身の力を込めて、小夜子の身体を持ち上げた。小夜子はベランダの柵を摑《つか》んだらしい。一瞬、強い抵抗が返って来た。しかしすでに小夜子の身体は半分以上ベランダの外に出ていて、指だけで自分を支えることは不可能だった。不意に軽くなったかと思うと、柵の向こう側に小夜子の姿があった。一瞬目が合った。恐怖というより驚いているような、自分に何が起こったのかまだよくわかっていないような目。どこかで見たような気がした。

そうだ、あの時、川で溺れた男の子と同じ目をしていた。

川遊びをしてはいけないと、大人たちに散々言われていた。それでも川は魅力的で、子供らは何人か集まると、必ずそこに出掛けた。

夏休みももう終わりだというのに、ひどく暑い日だった。台風が去った後のフェーン現象で真夏のような太陽が照りつけていた。昨夜降った雨のせいで、川はいつもより水嵩《みずかさ》を増していた。緑の匂いはむせ返るほど強く、辺りには悲鳴のような蟬《せみ》の鳴き声が響いていた。

何人いたのか正確には覚えていない。たぶん五、六人だ。それぞれ好き勝手に川と遊んでいた。宏美は小夜子と一緒に膝まで水につかり、足で水底の石をそっと引っ繰り返した。潜んでいた山女《やまめ》が驚いて逃げてゆく。うまくすれば、手で捕まえることもできた。あまり下ばかり向いていたので、顔を上げると眩暈《めまい》がした。宏美は手をかざして空を見上げた。

その時、山間《やまあい》を走り抜けるように風が吹いた。それは宏美の麦藁帽子をいとも簡単に舞い上げた。あっ、と思った時には川に落ちていた。取って、と宏美は近くにいた男の子に言った。男の子は少し困った顔をした。取って、ともう一度強く言うと、男の子は、わかった、としぶしぶ答えて、帽子を追い掛けながら川の流れの中に入って行った。

帽子は流れから少しはずれ、一ヵ所に止まってくるくると回っていた。男の子は半ズボンの裾《すそ》が濡れるほど水につかって、手を伸ばした。もう少しで、赤いりぼんの先が男の子の指に届きそうだった。その時、男の子は前のめりになった。姿が消えた。

叫び声が上がった。水の中から男の子の顔がちらりと見えた。びっくりしているような顔だった。目が合った。水をかぶった。手が出た。何度か出た。けれどそれもすぐに、引きずり込まれるように見えなくなった。

大変だ。助けなきゃ。

そんな言葉が行き交ったが、誰も彼のそばに行くことはできなかった。

誰か呼んで来る。

と叫んで、ひとりが走って行った。宏美は膝ががくがく震えていた。隣りにいた小夜子も立ち竦んでいた。大人が血相変えてやって来た時、男の子も赤いりぼんのついた麦藁帽子もどこにも見えなかった。

夜遅くに五百メートルほど下流で男の子は水死体となって発見された。

飛ばされた麦藁帽子のことは誰にも言わなかった。誰もそのことを尋ねなかったし、たとえ尋ねても、それと男の子の水死とを結びつけることはなかったろう。川遊びをしていて深みにはまった。それは夏にはつきものの悲しい事故だった。ただ、小夜子だけは違っていた。

「麦藁帽子、残念だったね」

葬式の日、霊柩車が遠ざかってゆくのを見ながら、小夜子は言った。宏美は身体の芯《しん》から恐怖を覚えた。その時から、宏美は小夜子の家来になった。

翌日、宏美はいつもの通り出社した。いつものように仕事をし、いつものように振る舞った。五時過ぎに退社して、少し街をぶらついた。新しいコートが一枚欲しいと思っていたのだが、気に入ったのが見つからず、仕方なく電車に乗った。途中、マーケットに寄って夕食のための買物をした。七時少し過ぎにアパートに着いた。

そこには文子が立っていた。

「新聞、読んだ？」

文子はもたれていたドアから、ゆっくりと身体を起こした。

「ううん、何かあったの？」

「前田小夜子って、あの女でしょう。ここに出てるわ、ベランダから落ちて死んだって」

文子は新聞を広げ、その記事が載っている部分を指差した。

確かに新聞には小夜子の死亡記事が載っていた。社会面のほんの五センチにも満たない記事だ。その小ささを宏美は少しだけ残念に思った。記事には事故死とも他殺とも自殺とも、まだ断定されていないと書かれてあった。

「大変なことになったわね」

「信じられないわ、私」

そう言いながら、宏美はドアの鍵を開けた。ふたりは部屋に入り、しばらく黙り込んだ。

「落ち着いてるのね、宏美」

文子が言った。

「驚いてるの、まだ信じられないわ」

「そうね、突然、友達が死んでしまうなんて。誰だって信じられないわ」

その後に続く言葉が見つからなかった。沈黙がとろりとした重みで、ふたりの前に横たわった。宏美はマーケットの袋を手にしてキッチンに立った。

「夕ご飯を作るわ。今日は鰈《かれい》の煮付けなの。文子も食べて行って」

「ええ」

戸惑うような文子の返事があった。宏美はぼんやりしていた。ただ、安堵《あんど》感だけが確実にあった。もう白い紙にハンコを捺すこともない。潤一と過ごす時間に踏み込まれることもない。私はもう小夜子の家来ではない。

鰈の煮付けが出来上がりかけた頃、チャイムが鳴った。宏美はレンジの火を止めて、玄関に向かった。ドアを開けると、そこには見知らぬふたりの男が立っていた。

「こんな夜分に申し訳ありません。警察の者です」

初老に近い男が丁寧な口調で言い、黒い手帳を見せた。

「何か？」

「駅の東側のマンションでちょっとした事件がありましてね。ご存じでしょうか。前田小夜子さんという女性がベランダから落ちて死亡されたことは」

宏美は頷いた。

「ええ、さっき夕刊で見ました」

「お友達だったようですね。いえね、前田さんのマンションから、契約書がいろいろ出て来まして、あなたの名前の」

「健康食品を彼女から仕入れていましたから」

「それがマルチ商法ってことはご存じでしたか？」

「最初はわからなくて。でも、友人が忠告してくれました」

「ずいぶんな金額を購入されているようですね」

若い方の刑事が言った。

「後悔してます。返したいんですけど、小夜子さんが死んでしまったら、それはできないんでしょうか」

「さあ、それはちょっと私にはわかりかねます。ところで、あなたは昨夜の九時半から十一時頃、どこにいましたか？　参考のために聞かせてください」

「ここですけど。アパートにいました」

「それを証明してくれる人は？」

するとき背後から文子が言った。

「私が一緒でした。ゆうべもここに遊びに来てたんです」

宏美は文子を振り返った。

「あなたは？」

「会社の同僚です。小杉文子って言います」

「そうですか」

「あの、他殺なんですか？」

「いえ、ほぼ自殺という方向で調べています。マルチにはまって、かなりの借金を背負っていたみたいでね。それでも高級マンションに住み、いい服を着て、贅沢《ぜいたく》から離れられなかったんでしょう。よくあるケースです。じゃあ、私たちはこれで。また何かでお邪魔することがあるかもしれませんが、その時はよろしく」

丁寧に頭を下げて刑事たちは帰って行った。

宏美は黙ってキッチンに戻り、夕食の準備を続けた。鰈の煮付けを皿に盛る指が冷たく震えた。

「宏美」

文子が呼んだ。

「ええ」

宏美は振り向かずに答えた。

「ゆうべ、電話したけどあなたは部屋にいなかった。だから私、ここまで来てみたの。でもやっぱりいなかったわね」

宏美は黙った。

「それ、どういうことかしら」

宏美の指が止まる。

「そのこと、さっきの刑事さんに言ったらどうなるのかしら」

指は凍えてしまったように動かない。

「ねえ、お願いがあるの」

童女のような声で文子が言った。

「潤一さんと別れて」

宏美はゆっくりと振り返った。そこには小夜子がよくやったように唇の両端をきゅっと持ち上げてほほ笑む文子がいた。

「本当言うとね、私、ずっと潤一さんが好きだったの」

宏美は込み上げる吐き気と戦いながら言った。

「もし、いやだと言ったら……？」

「言えるわけないわ、だって宏美はもう、私の家来だもの」

耳鳴りがぐわんと響いた。

眼窩の蜜

祥子と私は同じ日、同じ母の胎内から生まれた。

ひとつの細胞を分かち合った私たちは、当然同じＤＮＡを持っていて、血液型も顔も爪の形も同じだった。

違うと言えば、彼女の方が私より二十分ばかり後に産声を上げたことだろう。

しかし、この二十分はただ姉と妹を分けるための二十分ではなかった。

母は難産の末、一子めの私を産み終えるとほとんど意識を失った状態となった。二子めを自力で産み出すことができず、祥子は産道で仮死状態に陥り、緊急手術によって強引にこの世に引っ張りだされたのである。

祥子が死ぬこともなく、また障害もなく生まれることができたのは、幸運としか言いようがなかったらしい。

そして、その二十分は、その後に続く私たちのすべてを決定したように思う。

彼女は小さい時から病気がちで、特に季節の変わり目にはいつも高い熱を出した。

それが、その二十分という時間に因由しているのかはわからない。しかし私が健康である以上、同じ体質を持った祥子ばかりがそうなるのは、他に理由がつけられなかった。

祥子は両親の関心をすべて自分のものにした。真夜中に突然襲うひきつけに、両親は毛布で祥子をくるみ、医者へと走った。アトピーと喘息《ぜんそく》持ちであり、消化器官も弱く、自家中毒の気もあって、食べすぎたり食べ慣れないものを口にするとよく吐いた。風邪をこじらせればすぐ肺炎になり、入院を何度も繰り返した。

入院となると、母は付き添いで長く家を空ける。そんな時、私はいつもひとりきりで母の帰りを辛抱強く待たなければならなかった。

私は決して物分かりのよい子供ではなかったから、祥子の具合が悪いことをわかっていても、関心が自分に向かないことに「祥子ばっかり」と駄々をこねて泣くこともあった。

そんな時、母は困惑した顔で私を見た。母も皺寄《しわよ》せをみんな私に向けていることに気が咎《とが》めていたのだろう。それでも子供の私は、我慢することが母の愛情を引き付ける術《すべ》になるとは知らなくて、よく困らせた。

あの日もそうだった。

幼稚園の年中組の時だから、五歳くらいだったのだと思う。遠足に出掛ける前の日に、いつものごとく祥子が熱を出した。

祥子が遠足に行けなくなったのは仕方ない。しかしそのために、私まで行けなくなってしまうのは納得がいかなかった。保護者同伴でなければ遠足には参加できない。母は祥子から目が離せず、父は会社がある。時折、面倒をみにきてくれる祖母は膝を痛めていて無理だと言った。しかし、その理屈がどうしても私には承服できなかった。

私は泣いた。カーペットの上で足をばたばたさせながら意志を主張した。

「ごめんね、量子。今度はきっと行くから、明日は我慢してね」

と、母は必死になだめるのだが、それでも私はガンとして首を振った。

「絶対に行く、絶対」

するとと隣りの部屋で寝ていた祥子が、熱で赤く火照《ほて》らせた顔をドアの向こうからのぞかせた。

「……駄目よ」

その声は弱かったが、妙に自信に満ちた韻が含まれていた。

「どうして」

私は口を尖《とが》らせて言った。

「だって、私がこうなったのは、量子のせいだもの」

私は祥子を見た。言っている意味がよくわからなかった。彼女は喉をぜいぜい鳴らしながら、熱い息を吐いた。

「あの時、量子、私に意地悪したのよ。私なんか生まれて来るなって、蹴ったり叩いたりしたの。だから私、なかなかお母さんのお腹から出られなかったの。私の身体が弱いのも、みんな量子のせい。私、ちゃんと覚えてるんだから。量子が忘れても、みんな覚えてるんだから」

私は茫然とした。

「してない。私、そんなことしてない」

けれども発熱によって焦点が曖昧になっている祥子の目に見つめられると、首筋の辺りにぬるっとしたものを当てられたようなおぞましさを感じ、反論する声も擦《かす》れた。

母が慌てて祥子をたしなめた。

「なに言ってるの、そんなこと、あるわけないでしょう」

そう言って、祥子を抱きかかえ、ベッドへと連れ戻った。

居間に残った私は身体を硬くした。蛍光灯の灯《あか》りが細かく震えている。青白い光は、まるで私を非難するかのように冷たく降り注いでいる。

記憶がない部分を断定されると、人は不安になる。大きな声で主張されると、それが正しく思われて来る。

私は何度も「違う」と呟いた。けれどもそれを口にすればするほど、深い罪を背負っているような絶望感に包まれた。


身体が弱いということが、これほどまでに大きな武器になるとは知らなかった。

祥子は私のものを何でも自分のものにした。それは両親だけでは収まらなかった。私が人形で遊んでいると、祥子は必ずそれを欲しがった。仕方なく絵を描き始めると、今度はそれをしたいと言った。そのくせ、人形は返してくれない。私は自分の遊びを次から次へと見つけ、そのすべてを祥子に奪われた。

それでも強く出られなかった。あの日以来、私はどこかで、祥子に対する後ろめたさのようなものを感じるようになっていた。

祥子が熱を出すたび、食べ物を吐くたび、喘息の発作が起こるたび、アトピーが悪化するたび、私は怯《おび》えた。

私が母の胎内でしでかした、記憶にない行為の報いを受けているような気がした。


祥子から電話があったのは、秋の長雨がしつこいほどに続き、湿気が充満して、部屋のあちこちが不意にギシリと音をたてるような夜だった。

「明日の晩、食事に来ない？」

祥子の趣味は料理だ。こうして時折、誘いをかけて来る。

大学を卒業すると同時に、祥子は結婚した。小さい頃ほどではないが、相変わらず健康とは言えない身体を抱えている彼女は、就職する気など最初からなく、結婚することがいちばん自分を守れる術だと考えていたようだった。

祥子が料理に凝りだしたのはそれからだ。食事は小さい頃から母もそれなりに気を遣っていたが、祥子には物足りない気持ちがあったのかもしれない。身体にいいと聞くものはすべて試していた。無農薬野菜、有機野菜、有精卵、無添加食品、その他さまざまな健康食品。基本は菜食で、肉や魚は食べない。夫である裕幸のために、時には動物性の料理もするらしいが、自分は決して口にしない。

「まあ、いいけど」

誘いに、私は曖昧に答えた。明日は同僚たちと仕事帰りにちょっと飲む約束をしていた。

祥子の声に不機嫌なものが含まれる。

「まあって、どういう意味？」

「ううん、何でもないの。行くわ」

「そう。じゃあ待ってるから」

言葉としては普通だが、その響きの中には、拒否は絶対に許さないという傲慢《ごうまん》さが含まれている。

私は息を吐き出し、受話器を置いた。事実、私はほとんど誘いを断ったことはない。断る方が面倒だからだ。断ると、後で必ず仕返しがある。

もうずいぶん前、祥子が結婚して間もなかった頃だ。やはり今日のように食事に誘われた。断ると、その時は「そう」と淡々とした返事があっただけだったが、翌々日、私の部屋に宅配便が届いた。

袋からは異様な匂いが漏れていた。配達員が「困るんですよね、生ものはちゃんと包装してもらわないと」と、顔をしかめながらハンコを受け取っていった。

急いで袋を開くと、中にはタッパーに詰められた惣菜が入っていた。青菜の炒め物や豆腐の和え物は、すでに二日もたって、変色し腐っていた。

そのことを祥子に電話で抗議すると、彼女はこともなげに言った。

「まあ？」

「だって、それは量子の分だから」

そんなことが二度、三度あり、それから私は誘われれば、どんなことをしても都合をつけるようにした。宅配便で腐った料理を届けられるよりマシだった。どうせたまにのことだ。食事によばれることぐらい大した苦痛ではない。

結婚六年目の祥子にはまだ子供がいない。

私は独身のままだ。

都心から電車で一時間ばかりかかる2LDKのマンションに、祥子は裕幸とふたりで暮らしている。

就職をきっかけに、私もまたひとり暮らしを始めた。両親の関心がすべて祥子に向けられていたことで、私は小さい時から依存心というものがなく、早くひとりで暮らしたかった。

両親は、ほぼ同時にふたりの娘が家からいなくなり、しばらく拍子抜けした毎日を送ったらしいが、今では夫婦だけの生活を呑気《のんき》に楽しんでいるようだ。

七時少し前に、ドアのチャイムを鳴らした。

オレンジ色のセーターに紺のカルソン、その上に花柄のエプロンをつけた祥子が現われた。

「待ってたわ、入って」

三ヵ月ぶりで見る祥子は、相変わらず華奢《きゃしゃ》な身体つきをしていたが、肌の艶《つや》もよく、髪も黒々と豊かだ。

「元気そうね」

「食事の成果よ」

きっぱりと言い、彼女は私のためにスリッパを揃えた。ふとその指先に目がいった。爪はすべて美しく薄桃色のマニキュアで彩られている。その中の一本、右手の中指の爪だけが異常に長い。

揃えられたスリッパに足を通し、居間に入ると、裕幸が笑顔で待っていた。

「いらっしゃい」

「お邪魔します」

裕幸の温厚な顔だちは、初めて会った十年前と少しも変わらない。祥子の我儘《わがまま》を愛らしいと解釈するような人の好さがあり、かつて私はこの人の善良さに触れるとホッとしたものだった。

裕幸は私のためにワインを開けた。飲みながら、軽い世間話をしているうちに、食卓の用意が整った。

「こっちに座って」

祥子に言われ、私と裕幸はソファからダイニングテーブルへと移った。

食卓の真ん中に大皿がある。そこには見事な鱸《すずき》が姿のまま焼かれていた。

私は目をしばたたいて、祥子に顔を向けた。

「どうしたの？」

「何が？」

「だって、祥子は魚を食べなかったでしょう」

「今も食べないわよ、身の方はね」

「そうなんだ」

　もうワインに顔を赤くしている裕幸が、後の言葉を続けた。

「何の料理の本を読んだのか知らないけど、最近、祥子は魚の変なところを食べるようになってね」

「変なところ？」

「うん、目の裏側の、柔らかい所。それって、身体にすごくいいんだってさ。食べるのはそこだけだから、身の方が残るだろう。それを僕は食べさせられているわけだ。それだけじゃ間に合わなくて、量子ちゃんまで招待したというわけさ」

　好き嫌いの激しい祥子が、魚を口にするというだけでも驚きなのに、そんな不気味な、いや通にとってはいちばんおいしい部分なのかもしれないが、目の裏側を食べるなんて、信じられなかった。

「本当に、それ、食べるの？」

「ええ、そうよ。とにかく座って」

　祥子はナイフとフォークを使って器用に鱸を切り分け、それぞれの皿に盛った。香草とオリーブオイルの匂いが香ばしく漂った。

　私と裕幸に配り終えると、祥子は鱸のエラの部分にぐいとナイフを突き立てた。二、三度刃を動かす。ガリガリと骨が砕ける音がする。やがて頭が胴体と離れた。祥子は頭の方をフォークに載せて、自分の皿に盛り、それから皿を勧めた。

「さあ、どうぞ」

「ええ、いただきます」

鱸は新鮮で、焼き加減もちょうどよく、なかなかの出来栄えだ。私は鱸の身を口に運びながら、祥子の様子を窺《うかが》った。考えてみると、生まれてこの方、祥子が魚を口にするのを見たことがなかった。

祥子は皿に載った鱸の頭を見つめ、うっとりとしたほほ笑みを浮かべた。そしてナフキンでちょっと指先を拭《ぬぐ》うと、長く伸ばした右手の中指の爪を、鱸の目に突き立てた。

え……。

私は思わず手を止めた。

ぐしゅ、と果実を潰すような音がした。鱸の目から涙のような液体がとろりと流れだした。

祥子の爪が、目の丸さに沿ってぐるりと一周する。すぐにぽっこりと目の玉が爪に載って出て来た。それは眼球の部分だけでなく、その後ろ側に半透明でゼラチンのようにぷるぷるしたものがくっついていた。爪からは汁とも脂ともわからない液体が糸を引いて皿につながっている。

茫然と見ている私に、祥子は笑いかけた。

「ここよ、私が食べたいのは」

恐る恐る尋ねた。

「それ、身体にどんな効果があるの」

「身体のすべてのホルモンをつかさどるカスイタイがあるの」

「カスイタイ？」

「そう、下垂体。人間も同じよ、目の奥の方、視床下部の下にあるの。それを食べると、すごく調子がいいのよ」

「そう……」

祥子は爪に載った目玉とぷるぷるしたゼラチン質を口に近付けた。マニキュアが塗られた爪は、あくまで優しい薄桃色をしている。祥子の形のよい唇がすぼまったかと思うと、それはするっと吸い込まれた。頬が咀嚼《そしゃく》のために動き始める。祥子の口の中で、それらが嚙み砕かれているのを想像すると、急に食欲が失せて、私はワインをがぶ飲みした。

マンションを出たのは十時を少し過ぎていた。裕幸が駅まで送ると言ってくれ、玄関で祥子に見送られた。

晩秋の風が、申し訳程度に葉を残した街路樹を震わせる中を、私は裕幸とふたりで歩いた。

「祥子、最近少し、変なんだ」

唐突に裕幸が言った。

「何かあったの？」

「ちょっと思い詰めてるらしくて」

裕幸の影が、彼の不安を表わしているかのようにか細く道路に映しだされている。

「どういうこと？」

「最近、おふくろに子供を催促されていてね。まあ、僕たちも結婚してもう六年だ。正直言って、僕もそろそろ欲しいとは思ってる。でも、これぱっかりはどうしようもないからね」

「今からだって、できるわ」

「祥子は病院で検査を受けた」

「何か問題でも？」

「いや、問題と言うほどのものじゃない。少しホルモンのバランスが悪いらしいんだ。排卵日にばらつきがあって、たとえ排卵して受精しても卵が着床しにくい体質とか言われてね。もちろんそれは病気というより、医者に言わせれば、未発達なんだそうだ」

私は黙って聞いていた。うまく言えないが、いやな感じがした。鱸に使われていたオリーブオイルが胸の中で酸化して、喉元に匂いが上がって来るような、とてもいやな感じだ。

「僕は気長に待つつもりなんだが、祥子がとてもこだわってね、医学書や漢方書を読んだりして研究してる。今日の魚の目玉にしたって、そのことが原因なんだ」

「下垂体のこと？」

「ああ、下垂体は内分泌腺を刺激する何種類ものホルモンを分泌している器官なんだそうだ。女性の場合、エストロゲンとかプロゲステロンとか卵胞成熟に必要なホルモンなどがあるらしくてね。祥子は自分が妊娠しにくいのは、下垂体に支障があるのではないかと考えているんだよ。だからまあ、何て言うか、食べれば症状もよくなるんじゃないかと思ってるわけだ」

「魚にも下垂体ってあるの？」

「さあ、よくは知らないけど、似たような器官はあるんじゃないのかな。同じ生きものなんだから」

「そう」

「祥子、生まれる時にひどい難産だったんだってね。お母さんのお腹の中でいろいろあったとか言ってるけど、とにかく、小さい時から身体が弱いのも、子供がなかなかできないのも、みんなそのせいだって」

すうっと、身体が冷えていった。

祥子はまだ忘れてはいない。子供の時から持ち続けているものを、まだ捨ててはいない。生死を分かつような難産だったことを、私のせいだと思っている。

私は黙って歩いた。

歩きながら、祥子の爪を思い出していた。祥子と私は同じ爪の形をしている。けれど、祥子の爪は昔から弱く、伸ばすとすぐに割れたり欠けたりした。それが治ったのは、結婚して、カルシウムをたっぷり摂る食生活に切り替えたからだ。いや、その他にもある。アトピーも喘息も、結婚してからみな快方に向かっている。それはすべて祥子の独自の食餌療法だった。

今、子供が欲しくて、魚の目を刳り貫《く》《ぬ》き、下垂体を食べることでホルモンのバランスがとれるというなら、そうかもしれない。今までそうやって自分の身体を治して来たように、今度もまた祥子は成功するかもしれない。

「面倒だろうけど、しばらく食事に付き合ってやってくれないか。何しろ、魚一尾に下垂体はひとつだろう。身の方が余って仕方ないんだ。ちょくちょく、誘うことになると思うけど、よろしく頼むよ」

「あなたは平気なの？」

「え？」

「祥子が魚の目を刳り貫いてそういうの食べるの」

「まあ、気味悪いっていったらそうだけど、本人が必死なんだからしょうがないさ」

裕幸とは駅で別れ、電車に乗った。今の時間、都心へ向かう電車はすいている。反対側の線路を走る電車の込み具合を眺めながら、私はシートに深く座った。

しょうがない。そう、祥子なのだから、しょうがない。

裕幸はもともと私の恋人だった。

大学のサークルの先輩として彼を知った。付き合うようになってから半年ほどして、私は彼を家に連れて来た。それが間違いだったと今も思う。祥子はお人形やクレヨンと同じように裕幸を欲しがり、実際、彼を奪った。私もまた、長年繰り返されていたように、そのことに対して何の抗議もできないまま、ふたりの結婚までを眺めることになった。

確かに、私は裕幸を諦めるのがすごく早かった。男というものが元来、弱いもの儚《はかな》いものに惹かれることはわかっていた。あの時、祥子から、裕幸を好きになったと聞いた瞬間、もう諦めていたような気がする。

祥子にさえ会わせなければ、今頃、あのマンションで料理をしていたのは私だったかもしれない。いいや、たとえ結婚しても同じだったろう。祥子は自分が欲しいと思ったものは必ず手にする。欲しければ必ず奪う。

あれから、私も何人かの男たちと付き合った。結婚まで進みそうな気配になったこともある。けれど、私はそのたびに躊躇《ちゅうちょ》した。また祥子が欲しがるのではないか。そして、欲しがれば結局は渡してしまうだろう自分のことも知っていた。

裕幸の言った通り、祥子から夕食の招待をひんぱんに受けるようになった。

魚は次から次へと料理法を変えて、私の前に出された。どう料理しようと、祥子が食べるのは下垂体がある目玉の裏側だけだ。

爪の先で目玉を刳り貫く祥子の姿には、一種異様な昂《たか》ぶりが見えた。下垂体の効果がどこまで及んでいるのかはわからない。ただ、祥子は会うたびに変わっていった。何か強い力のようなもの、私の知らない、私には決してないエネルギーが、皮膚の隙間《すきま》から滲《にじ》み出るように感じられた。

やがて、それは少しずつエスカレートした。

何度目かに訪れた時、刺身が出された。鯵《あじ》と鯛とカンパチだ。活き造りということで、魚は身をそがれながらも、それぞれにまだエラを震わせ、時折、痙攣した。

刺身はもちろん嫌いじゃない。けれど、美しくコーディネートされた食卓の上で、痙攣する魚を見るのは拷問とかリンチ的な感覚を与えられ、私は箸《はし》をつけるのをためらった。

しかし祥子は何のためらいもなく、生の目玉に爪を立てた。

ぐりっ、ぐりっ、と爪が骨に当たる音がする。生の目玉が祥子の爪に載せられた。蛍光灯に反射して、透明な硝子体がぬらぬらと光っている。

「祥子」

私は思わず声を上げた。

「なに？」

「それを食べるの？」

「そうよ」

「でも」

「考えたの。火を通すよりやっぱり生の方が効果があるって」

「だからって、いくら何でも」

「量子がお刺身を食べるのと同じだわ」

そして爪に載ったそのぬらぬらした塊を口の中に放り込んだ。その後も、祥子は目玉を失って暗く窪《くぼ》んだ眼窩《がんか》の中に爪を突っ込み、その辺りにあるという下垂体を食べそこねることのないよう、丁寧にほじくり返した。

私は吐き気が胸の底から湧き上がって来るのを感じた。

裕幸は黙って日本酒を飲んでいる。子供を作るためなら、妻にこういうことをされても平気なのだろうか。こんなものを口にする妻のことを抱けるのだろうか。私にはもう裕幸が知らない誰かに見えた。


私の生理はきちんと来る。

三十日周期で、五日ほど前から乳房が張って、乳首が敏感になる。やがて下腹がしくしくと痛みだし、直前には頭痛が起きる。排卵日もだいたいわかる。その前後二、三日の間、ゼリー状のものが、とろっと身体の奥から流れ出る。

危険日は予想できるので、その日を避ければいいのだろうが、私はピルを飲んでいる。毎晩、決まった時間に、ピンク色をした小さな錠剤を飲むことを、最近、欠かしたことはない。

私はいつもバッグの中にピルを入れている。寝る前の歯を磨いた後、それを口にする。錠剤が入ったケースには、ひと粒ごとに曜日が印刷されていて、飲み忘れることがないよう工夫されている。

ピルを飲むたび、こんな小さな粒が、私の身体の女である部分を支配できることをひどく不思議に思う。

今、付き合っている男が避妊にあまり積極的でないこともある。相手は会社の同僚で、一年ほど前から付き合い始めた。

「子供ができたら、産めばいいじゃないか」

彼はそう言った。それをプロポーズの意味と解釈して、素直に喜ぶことができたらどんなに気楽だろう。

彼に不満があるわけじゃない。人柄もいい、仕事にも熱心だし、私ともペースが合う。彼と結婚したら、幸福という切符にパチンと鋏《はさみ》が入れられるのかもしれない。

しかし、私は自分が何かを欲しがるのが恐かった。

私の欲しいものは、ことごとく祥子に奪われて来た。それが繰り返される間に、私には所有欲というものが欠落してしまったのかもしれない。

何より、欲しがらなければ、奪われることもないということを、私はもう知っていた。

その日のメニューは魚ではなかった。

深皿にブラウンソースの煮込み料理が盛られている。

「あら、やめたの？」

「何が？」

「下垂体」

「もちろん、やめてないわよ」

「でも、魚じゃないわ」

「魚じゃあまり効き目は期待できないってわかったの。この間、アフリカのどこかの国のもてなし料理に、サルの脳味噌っていうのがあったのね。それ見て思ったの、どうせ食べるなら、やっぱり同じ哺乳動物のものじゃないとって。それで調べてみたら、市販の体力増強剤も、人間の胎盤を原料に使ってたりするんですってね」

「じゃあ、これは……」

私は食卓に並べられたお皿を見下ろした。てらてらしたブラウンソースの中に、いくつかの塊がある。これはいったい何なのだ。

私の怯えを察したかのように、祥子はくすくすと肩を揺らして笑った。

「いやね、心配しないで、牛よ。ただの牛」

いつものように、私と裕幸と祥子の三人は食卓についた。

祥子の皿の中に目玉はなかったが、明らかに私とは違う何かが入っていた。肉ではない何か。もっと柔らかくて、もっと白っぽくて、表面はピンと皮が張りつめていても、噛むとぐしゅりとつぶれて、歯茎の根元まで広がってしまいそうな。それが牛の下垂体なのか。

その塊を祥子はスプーンに載せ、うっとりした表情で見ている。

「本当は生きているのを食べたいの。でも、肉屋に来る時はもう死んじゃってるし、まさか解体の現場に行って、殺す前に下垂体だけ欲しいなんて言えないし」

「そうだね、残念だね」

裕幸が何でもないように頷いている。

「でもね、いちばんいいのは、人間だわ。生きてる人間の下垂体」

私は自分の身体の奥が震えるのを感じた。そして目を伏せ、祥子がスプーンを口に入れる瞬間を見なかった。

見たら、その場で吐いてしまいそうな気がした。


その夜、寝苦しくてたまらなかった。

眠りが浅く、眠っているのか目覚めているのか、自分でもよくわからない。身体の上に何かひどく重いものが乗っているような気がし、目を開けた。

瞬間、身体が凍りついた。

私の身体に馬乗りになった祥子がいた。

祥子は五十センチばかり上から私を見下ろしている。まるで鏡を見るように、同じ顔がそこにあった。

祥子が私の下垂体を奪いに来たのだ。

すぐにわかった。私は声を上げようとした。けれど出ない。身体も動かない。まるで金縛りにあったように、指先まで硬直している。

祥子は黙って私を見下ろしている。その目は明らかに尋常ではなかった。いや、もうずっと前からだ。祥子は狂ってる。下垂体を欲しいと望んだ時から。いいや、たぶん、生まれた時から。

祥子の口元に笑みがこぼれた。赤い舌が唇を舐《な》め、てらてらと光った。

食べたがっている、祥子は、私の、下垂体を。

祥子がゆっくりと腕を持ち上げた。中指だけ異常に伸びた爪。美しく楕円に整えられ、薄桃色のマニキュアが見えた。私の目玉を刳り貫いて、その奥にある下垂体を取り出すために、祥子の指がゆっくり下りて来る。私は必死に目を閉じようとした。しかし恐怖と金縛りで、それさえうまくできない。

爪が近付く。

私の目の中へと迫って来る。

私をこんな身体にしたのはあんたのせい。

祥子が言っている。

私じゃない、私のせいじゃない。

私の瞳孔が開く。こめかみにどくんどくんと血が流れる。

欲しいの。

爪は角膜へと近付く。柔らかな水晶体を割って、脳の下まで突っ込む。

ずぶり、と。

やめて！

その叫び声と共に、目が覚めた。

起き上がると、首筋から胸の間に、冷たい汗が流れ落ちて行った。私は肩で大きく息をし、パジャマの袖口で汗を拭った。

それから恐る恐る自分の目に触れた。大丈夫だ、何も変わってない。私は何度も深呼吸を繰り返し、平静を取り戻した。

その時になってここがどこか思い出した。気分の悪さがなかなか抜けなくて、そのまま祥子の家に泊めてもらったのだ。

私はベッドから出ると、バッグを手にして、洗面所へ向かった。ひどく頭がふらふらした。何か変なものでも食べたのだろうか。そう言えば、食後に薬草から作られたリキュールを飲まされたが、あれが何か関係しているのだろうか。洗面所の鏡に私の顔が映っている。確かに、目はちゃんとふたつある。

ピルを飲まなければならなかった。これは毎日の儀式のようなものだ。私はバッグを開けて、ピルを取り出し、それを飲んだ。これを飲まなければ妊娠する。子供が欲しくてたまらない祥子と、子供ができるのを拒否する私。皮肉と言えば皮肉かもしれない。

ピルを飲み、コップを元に戻した。それにしても、どうにも身体がつらい。

その時、鏡に私の顔が二重映しに見えた。

私は目をこすった。

瞬間、頬が引きつった。

私と同じ顔が、背後で冷たい笑顔を浮かべている。
叫ぼうとする私の声は、渇いた喉に張りついて、口だけがぱくぱくと動いた。
耳元に闇のような声が聞こえた。
欲しいの。
祥子の長く美しい爪が、背後からゆっくりと近付いて来た。

誰にも渡さない

会社に幽霊が出る、という噂が立ったのは、お正月気分もようやく抜けた一月の半ば頃だった。

残業で深夜までオフィスに残っていた社員が、誰もいないはずの経理部の窓際の席に、姿を見たのだと言う。その席は、ひと月ほど前に事故死した矢島係長のものだった。矢島係長は会社の忘年会の帰り、夜道を歩いていて、背後から来たトラックに巻き込まれた。ほとんど即死状態だったそうだ。その矢島係長の姿が、夜になると、窓際のいつもの席に座っているらしい。

地味で目立たない係長だった。無遅刻、無欠勤、有給休暇も取らない。もちろん、女の子の噂ひとつ聞いたことはない。かと言って仕事ができるというわけでもない。与えられた仕事をただこなしているだけで、周りからは「ゴムのゆるんだソックス」と呼ばれていたが、いかにもそれが似合いの男だった。

ロッカー室も洗面所も、何人かが集まればここのところ、その話題で持ちきりとなる。

「十時になると必ずだって。背中を丸めて、必死になって仕事をしてるんですって」

「そのことを知らないガードマンが声をかけたら、振り向いた顔は血だらけだったんですって」

そんなふうに後輩の若い女性社員たちは、半分怯え、半分面白がりながら、コンパクトを広げて何度も繰り返していた。

「それ、信じる?」

朋子は隣りの席でスコッチのグラスを傾けている章吾に顔を向けた。

「まさか」

章吾はいくらか苦笑しながらグラスを置いた。新宿のいつものショットバー。こうしてふたりで飲むのはひと月ぶりだった。

「やっぱりね」

納得した気分で、朋子は息をつぐ。

「そういうの、昔から信じない人よね、章吾は」

「当然だろう、自分の目で見ていないものをどうして信じられる?」

「ずっと前、私の祖母が夢枕《ゆめまくら》に立った話をした時も、単なる思い込みだって笑ったわ」

「そういう時、枕元の時計を見たらばあさんの死んだ時間と同じだった、って言うんだろう」

「だって、その通りだもの」

「結局は、刷り込まれているだけさ。ただ何となく目が覚めただけなのに、後になってばあさんが死んだことを聞かされて、ああ、あれが夢枕というものかって納得する。それから、確かに姿が見えたとか、時間は死んだ時と同じだったとか、うまいことストーリーが頭の中で出来上がってゆく」

朋子は少し呆れている。そのくせ、本当は安心している。こういった超自然現象に対して章吾はにべもない。昔からだ。それでも、質問を続けてみる。

「でも、何かない？　不思議だなって思えること。ちょっとした予感みたいなものでもいいわ。たとえば、夜、ひとりで部屋にいると、あ、今、電話が鳴るなって思ったりしない？するると、やっぱり鳴るの」

「ないなぁ」

「彼女からの電話でも？」

章吾は三杯目のスコッチをオーダーする。ふっと、彼の表情に甘いものが漂うのを感じる。案の定、章吾はこんなことを言った。

「俺の方が毎日のようにかけてるからさ」

朋子もバーテンダーにグラスを差し出した。

「ウォッカトニック、お願いします」

章吾に恋人の存在が発覚したのは最近のことだ。照れているのか、相手がどういった女なのか明かそうとはしない。しつこく聞くのも、何やら勘繰られそうな気がして、朋子もそれ以上は尋ねなかった。

「私はね、それはある意味で科学的にも考えられるんじゃないかって思ってるの」

「幽霊が？」

「ええ。人間の念っていうのは、ひとつのエネルギーでしょう。何かを強く考えたり、願ったりする時、人は莫大なエネルギーを使うわ。ぐったり疲れ果ててしまうくらい」

「まあ、そういう時もあるな」

「エネルギーは力だわ。何かを作り出す力よ。もし、係長が死に際に、会社で仕事をしなくては、という強い思いにかられたとするでしょう。生半可じゃなくて、ものすごい強い思いよ。係長は死んでしまった。けれど、エネルギーは残る。それが係長という姿になって、席に座らせる」

「ふうん」

「そういうのって、死ぬ間際ばかりじゃなくて、生きている時にも起こるの。ドッペルゲンガーなんかいい例ね。本人の強い思いが、本人の意識から離れて、勝手に動きだすんだから」

章吾は笑う。

「おまえ、本当にそういうの、信じてるのか?」

「昔からあるじゃない。源氏物語の六条御息所《ろくじょうのみやすんどころ》なんてそうでしょう」

「生霊《いきりょう》ってやつか」

「いいわよ、信じなくても。でも、女の怨念《おんねん》ほど強いエネルギーはないんだから。章吾も気をつけた方がいいかもね」

朋子はグラス越しに章吾の表情を窺った。一度小さく肩をすぼめ、章吾は首を振った。

「たとえ、もしそれが現実にあることだとしても、俺は大丈夫さ。彼女に怨念を持たれるようなことはしないから」

その日はふたりで十時過ぎまで飲み、駅で別れた。以前は時間など構わず、朝まで飲んだものだ。

東の空がうっすらと血の色に染まり、水の底に沈んだような明け方の歓楽街が朋子は好きだった。誰もが深海魚のようにゆっくりと、気怠《けだる》く、自己嫌悪と疲れをひきずりながら、自分の寝ぐらに帰ってゆく。終わりと始まりが重なり合う一瞬。でも今は、たとえ週末であっても、そんな飲み方はしない。

章吾とは大学時代からの友人だった。あの頃、何人か気の合う仲間が自然と集まり、一緒に遊び回ったり、情報を交換し合ったり、時には激しく議論したりした。今ではすべてがいい青春の思い出だ。思い出なんて、少し気恥ずかしいくらいがちょうどいい。卒業して七年。仲間たちと顔を合わせる機会はもうほとんどなくなってしまった。今では、章吾とこうしてたまに飲むだけだ。

長い付き合いの中で、朋子は章吾の性格も癖も生き方もわかっていた。少し子供っぽいところはあるが、サラリーマンになった今も学生時代の純粋さを失っていない。かつて、仲間のひとりがキャッチバーで法外な金額を取られたことがあった。それがなけなしの授業料だと聞いた章吾は、取り返しに行って、逆にヤクザに散々殴られた。たぶん、今でもそういうことがあれば、章吾は同じことをするだろう。つまり、そんな男なのだった。

章吾の方も、朋子のことは何でもわかっていると思っているだろう。実際、朋子も章吾の前では結び目をみんなほどいたようなざっくばらんな態度で接している。つまり、気のおけない友達同士というところだ。

けれど、章吾は知らない。ほかのどの結び目をほどいても、絶対にほどかない結び目がひとつだけあるということを。

「朋子、恋人は？」

酔うと、章吾はよくこう尋ねる。

「まあね、適当にね」

「何なら、うちの会社の誰か紹介してやろうか」

朋子の答えもいつも同じだった。

「余計なお世話、私のことは放っておいて」

章吾は知らない。朋子が章吾を友人としてなど見ていないということを。そう、今まで、ただの一度も。

章吾と恋人の関係になったことはない。ただ一度、寝たことがあるだけだ。

七年前、確実だと思っていた就職試験に章吾が失敗した時、荒れて、散々飲み回った。帰りは朋子がアパートにまで送って行くことになった。彼をベッドに寝かせ、そのまま帰ろうとした朋子の腕を、章吾が摑んだ。その時、それを振り払う気持ちなど到底なかった。待っていた。ずっとだ。たぶん、初めて会った時から。

けれども、翌日、祭りの後のような気まずさを章吾の表情に見つけた時、朋子は絶望と引き替えに友人という立場を選んだ。このまま会えなくなるくらいなら、たった一度のセックスを盾に取る気などなかった。

友人になってからの関係はすこぶる順調に続いている。たまにこうして一緒に飲む数時間、気紛れにかけ合う電話、章吾の肩を叩ける自由、朋子と呼び捨てにされる権利、それらを今、朋子は穏やかに手にしている。もうあの夜のことなど、章吾は憶えてもいないだろう。

会わない時間、朋子は章吾のことを考える。いつでも、どこでも、考える。

朝、目が覚めた瞬間に。顔を洗いながら。

口紅を引きながら、朝食を作りながら。それを食べながら、ストッキングを履きながら、電車に乗りながら、仕事をしながら、同僚たちと喋《しゃべ》りながら、お茶を飲みながら、英会話教室に通いながら、アパートのドアを開けながら、ＭＴＶを観ながら、クレンジングしながら、お風呂に入りながら、ランジェリーを洗いながら、ビールを飲みながら、ベッドに入りながら、眠りにつく瞬間まで考える。いや、眠ってからも考える。

愛してる。

この言葉を頭の中でもう何万回呟いたことだろう。

それは朋子にとって呼吸と同じだった。

章吾が今までどんな女たちと付き合って来たか、だいたいのことはわかっている。あまり隠し立てできるタイプではないから、有頂天になるとすぐに喋ってしまうのだ。ただ、今までふたりだけ、それまでとは違って真剣な気持ちを抱いた女がいたことがあった。それは章吾の様子を見ればすぐにわかった。向き合って話していても、章吾の目は朋子を素通りして、その女を見つめていた。

最初の女は、章吾が入社してすぐに現われた。会社の先輩で、五歳年上の女だった。

「大人なんだ」

と、章吾は言った。もう消えている煙草を、しつこいくらい灰皿に押しつけていた。照れているのだった。

「落ち着いていて、仕事はてきぱきやる。愚痴ったり甘えたりっていうのがない。そのくせ、ちゃんと可愛らしさも持っている。彼女を見てると、他の女の子なんてみんなバカに見えるよ」

朋子はにこにこしながら話を聞いた。胸を掻《か》き毟《むし》られるほどの嫉妬《しっと》は、髪の毛一本にさえ表わさなかった。

「その人は、章吾の気持ちを知ってるの？」

「何となくは感じてるんじゃないかな。俺たち今、同じプロジェクトにいるだろう。それがあと三ヵ月ほどで終わるんだけど、その時に、ちゃんと申し込もうと思っている」

グラスを持つ指先が冷たくなってゆく。

それでも朋子は平静に尋ねた。

「自信あるの？　彼女が受けてくれる」

「こう言っちゃ何だが、ある」

「どうして？」

「この間、彼女と一緒に飲みに行ったんだ。ちょっと取引先とトラブルがあってね。もちろん、悪いのは彼女じゃない。そのこと、慰めていたら、彼女、不意に」

言いかけて、章吾は言葉をとぎれさせた。彼の目が宙を泳いでいる。その目が誰を見つめているのか、すぐにわかる。

「不意に？」

「泣いたんだ」

返す言葉を失う。

「俺、彼女が泣いたの、初めて見たんだ」


その夜、朋子は部屋の中で身体を丸めていた。

愛している。

その想いがぐるぐると身体の中を駆け巡る。自分より章吾を愛している人間がこの世の中にいるはずがない。愛されるべき人間もいるはずがない。できるものなら、身体の皮膚をみんな剝《は》がして、想いを曝《さら》け出してしまいたい。

知らない五歳年上の女。章吾の前で泣いたという女。そのことを思うと、内臓が焼け爛《ただ》れるのではないかと思うほどの激しい嫉妬が沸き上がる。許さない。消えればいい。朋子は呟く。まるで呪文のように、何度も何度も繰り返す。部屋の中は海の底のように暗い。朋子はじっと動かない。自分の身体の隙間から青い炎がちろちろと燃え上がってゆく。

章吾は決して渡さない。

三ヵ月後、章吾は沈んだ顔つきで現われた。

「どうしたの？」

いつものショットバーだ。

「いや」

章吾は言葉を濁らせて、スコッチのグラスを口に運んだ。朋子はジンライムをオーダーする。

「年上の彼女とはどうなったの？　もうプロジェクトは終わったんでしょう」

「ああ」

「それで？」

章吾は水割りを呷《あお》るように飲んで、乱暴にグラスを戻した。

「彼女、会社を辞めたよ」

「え？」

思わず、章吾を振り向いた。

「どうして」

「ここんところ、体調が悪かったそうだ。頭痛がしたり、眩暈《めまい》がしたり、背中や肩がひどく凝ったりとか。夜もよく眠れなかったらしい。どこか悪いのかと医者に行っても、原因がわからない。ストレスだろうって言われただけだそうだ。それでも、このプロジェクトを終えるまでは頑張ったのだけど、もう限界だって。彼女、この際、田舎に帰ってゆっくり静養するって」

朋子は黙って聞いている。

「何だか俺、気が抜けちゃったよ」

章吾はうなだれて、額をカウンターに押しつけた。

「仕方ないわ」

朋子は優しく声を掛けた。

「それが、その人の運命だったのよ。こんな都会であくせく働くより、田舎でのんびり暮らした方が幸せかもしれない。落ち込まないで、章吾。あなたにふさわしい人はきっと他にいるわ」

朋子は慰めの言葉を並べながらも、胸の中では違うことを考えていた。

これは偶然じゃない。

係長の幽霊が出るという噂はまだ続いている。

いっそう具体的になり、朝に出勤したら矢島係長の判が捺された出金伝票が引き出しの中に入っていた、というようなことまでまことしやかに流れていた。

「それにしても」

向かい側のデスクに座る同僚の男性社員たちが、ヒマに飽《あ》かせて雑談し始めるのを、朋子は聞くとはなしに聞いていた。

「あの矢島係長が幽霊になってまでもデスクに座るなんて、信じられるか？」

「とても仕事に生きているタイプじゃなかったからね」

「今思うと、あの人ってどういう人だったんだろう。時々、食堂で席が隣りになったことがあったけど、話題がなくて困ったよ。仕事の話はもちろん、ゴルフもやらない、賭事《かけごと》もしない、当然、女も駄目。いったい何を楽しみに生きてたんだろう」

「とにかく存在感がないっていうか、影が薄かったからな」

「本当かどうかわからないけど、チラッと聞いたところによると、矢島係長、昔は将来を嘱望されてたエリートだったらしいよ」

「へえ、初耳だな。もしそれが本当だったら、何であんな閑職に追いやられてしまったんだろう」

「役員の派閥争いにでも巻き込まれたとか」

「ウチなら、ありそうだな」

「生きている時はわからなかったけど、矢島係長って、あれで結構責任感の強い人だったのかもしれない」

「ああ、何だか申し訳ないような気分だな。こんなことなら、生きている時にもっと親しくしておけばよかったよ」

幽霊となってまでデスクで仕事をする男。

今まで、人の口に上ることさえなかった矢島係長は、死んでから最も注目を浴びる男になった。


あの年上の女がいなくなってから三年、章吾に新たな恋人が出現した。二十六歳の時だ。

今度は取引先の二十二歳の女の子だった。

「いい子なんだ」

章吾は照れながら口元をほころばせた。

「明るくて、はきはきしていて、よく気がつく。料理もうまい。何て言うのかな、一緒にいるとリラックスできるんだよ」

朋子はグラスをゆっくりと口に運ぶ。

「年下だけど、俺にべったり甘えるってこともないしね。今日、大学時代からの女友達と飲みに行くって言ったんだけど、妙な勘繰りもしない。今どきの若い子の割りにはしっかりしてるんだ」

「そう」

「写真、見るか？」

調子に乗って、章吾は言った。

「持ってるの？」

「まあ、持たされているっていうのが本当なんだけどさ」

満更でもなさそうに、章吾は胸ポケットから定期入れを取り出し、テレホンカードやメンバーズカードの下からそれを抜き出した。

海をバックに並んで写るふたりの姿があった。腕を組み、幸福そうにほほ笑んでいる。まるで勝ち誇った笑みのように、朋子には見えた。

「ここ、どこ？」

「伊豆さ」

「温泉に行ったんだ」

「どうしても行きたいって言うから、仕方なく」

「可愛い子ね」

「そうかな、人並みだろ」

決してそう思ってはいないくせに、まるで身内のように彼女を扱う言い方が、朋子の心を逆撫《さかな》でする。

「結婚するの？」

「まだそこまで考えてはいないけど、このままでいったら、もしかしたら、そうなるかも」

章吾の口調は、言葉よりずっと確信を与えた。朋子は写真を食い入るように見つめる。もしかしたら、本当に穴があいてしまうのではないかと思われた。それくらいに、彼女の顔を頭に焼き付けた。

ベッドの中で、朋子は目を閉じた。章吾のことを思い、それから写真に写った女のことを考えた。

ようやく身体が温まって来た頃、皮膚がざわざわと動き始める。まるで身体中に小さな虫が這《は》い回っているようだ。それは皮膚の小さな穴から、内側へと侵入して来る。そしてだんだんと動きを集約させて、朋子の胸の中を食い散らす。

憎い。

虫たちは翅《はね》をこすり合わす。

身体の中が、その羽音でいっぱいになる。

章吾が彼女と別れたのは、それからひと月もたたない時だった。

「それが、ひどい話でさ」

章吾はすっかり意気消沈していた。

「何があったの？」

「俺にもわからないんだよ」

そう言って、章吾が水割りのグラスを自棄気味《やけ》に口元に運ぶのを、朋子はただ見つめている。

「彼女、妙なことを言い出すようになったんだ」

「妙なことって？」

「毎晩、部屋に変なものが現われるっていうんだ。寝ている自分の足元に立って、じっとこっちを見ているんだってさ。時には、身体の上にまたがって首を絞めるそうだ。このままでは殺されるかもしれない、なんて」

「まさか、そんなこと」

「だろう。信じられるわけないだろう」

「それでどうしたの？」

「時々、俺の所に泊まりに来たり、俺が行ってやったりしたんだけど、その時は何も出ないんだ。でも彼女ひとりになると、その変なものが出るそうだ」

「変なものって、何なの？」

「さあ、よくわからないらしい。人のようにも動物のようにも見えるって言ってた。それで彼女、占い師のところに観てもらいに行ったんだ。まあ、彼女なりに相当参ってたんだと思う。そしたら、それはすべて俺のせいだって言われたらしい。俺に変なものが憑《つ》いてて、それが彼女の所にやって来るって」

「なに、それ」

「ひどい話だろ」

「章吾、心当たりあるの？　何かに取り憑かれるような」

「そんなものあるわけないだろ。だいたい憑きものなんて、時代錯誤もいいとこだ。占い師に乗せられてるのさ」

「でも、彼女は占い師の言葉を信じたのね」

「まあ、そういうことだ。彼女は他に思い当たるフシはないって言うんだ。変なものが出るようになったのも、俺と付き合うようになってからだって」

「そう」

「だから別れるって言われた時は、俺も頭にきたよ。たかが何日か悪い夢にうなされたからって、それがどうだって言うんだ。はっきり言って、俺は呆れたね。それならそれでいい。勝手にしろって」

「それでよかったの？」

「その時はちょっと後悔したけど、今はよかったたって思ってるよ。これから先も、何かちょっと悪いことがあったら、取り憑かれているって彼女は言うかもしれない。そんなの、付き合ってゆけないよ」

　章吾は口を歪めて水割りを飲んだ。

うにする。


「相性が悪かったのよ。気にすることはないわ。章吾にふさわしい人は別にいるわ」

「だといいけど」

「いるわ、絶対」

朋子は章吾を慰める。ありとあらゆる言葉を使って、あの女の存在など微塵《みじん》も残さないよ

そしてあれから三年がたち、章吾にまた新しい恋人が出現したのだった。しかし、今度の恋人は前のふたりとは事情が違っていた。そのことを恋人の存在を明かされてから一ヵ月後の今夜、朋子は聞かされた。場所はいつもの新宿のショットバーだ。

「実は、もう一緒に暮らしているんだ」

朋子は章吾を振り返る。

「彼女、妊娠しててさ。お腹が目立つようになる前に、式を挙げようと思ってる」

「そう、よかったじゃない。おめでとう」

声の震えを悟られないよう、笑顔を向ける。ありがとう、と章吾が答える。

部屋に戻り、朋子はひとり慟哭《どうこく》する。

激しく、激しく、慟哭する。

愛するエネルギーと、憎しみのエネルギーはどちらが強いのだろう。熱い思いと凍り付く感情が自分の中でぶつかり、溶け合ってゆく。それは身体の中に大きなうねりを作り、邪悪

なまでの渦を作り出してゆく。

　章吾。

　愛している。

　誰にも渡したくない、渡さない。


　章吾の恋人が流産をし、それがきっかけとなって別れることになったことを、朋子はただ黙って聞いた。

「朋子、どうして俺はこうなんだ。真剣に好きになった女とは、ことごとく駄目になってしまう。俺のいったいどこが悪いんだ」

　うなだれる章吾の背に手を置き、彼の悲しみが薄れてゆくのを朋子は待った。待つことには慣れていた。章吾が手に入るなら、一生をかけても待つことはできる。

「流産の原因は何だったの？」

「歩道橋の階段で足を踏み外してしまってね。病院に運ばれたけど、駄目だった」

「そう、残念だったわね」

「彼女、ものすごく落ち込んで」

「女なら誰だって落ち込むわ」

「彼女は突き落とされたって言うんだ。誰かに背後から」

　朋子は改めて章吾を見る。

「けれど、誰もそんな人間はいなかった。階段の下にいて病院に運んでくれた人も、後ろに人はいなかったって言ってる」

「そう」

「自分の不注意でそうなってしまったことを、俺に悪いと思う気持ちはわかるけど、そんな嘘をつくなんて、ちょっと彼女がわからなくなってしまって」

「きっと、彼女も自分がわからなくなったのよ」

「流産のことで、俺がそれだけ彼女を追い詰めてしまったのだろうか」

「章吾が悪いんじゃないわ。みんな、仕方のないこと。運命だったのよ。そんなに気を落さないで。大丈夫、あなたにふさわしい人は他にいるわ」

章吾の背骨が手のひらに当たる。何て愛しい堅さだろう。この突起のひとつさえ、誰にも渡しはしない。


矢島係長の幽霊は、ある日を境にぱったりと出なくなった。

ある日というのは、生前に矢島係長が不正をしていたことが公になった時のことだ。約五年の間に、五百万ほどの金を流用していたという。あの無気力な矢島係長が不正を働いていたことに誰もが驚いたが、それ以上に、不正と呼ぶにはあまりに少額な金額だったということにため息をついた。

「つまり、仕事をしなくちゃっていう責任感で幽霊になってたわけじゃなかったのね」

「結局、不正がバレるのが怖かっただけなのよ」

「どうせ不正するなら、一億ぐらいやっちゃえばよかったのに」

「たった五百万で、というのが、情けないわね」

「ほんと、いかにも矢島係長らしくて」

思いもかけない結末は、ヒーローになった係長をいとも簡単に笑い者に転落させた。


「朋子しかいない」

章吾の言葉を、朋子は柔らかな雨に打たれるように聞いていた。

「やっと気がついたんだ。いつでも、どんな時でも、朋子だけが俺のそばにいてくれた。俺は馬鹿だ。いちばん大切なものがいちばんそばにあることがわからなかった。これからもずっと一緒にいて欲しい」

その日を境に朋子の毎日は変わった。朋子は幸福に酔い痴《し》れていた。章吾との電話、章吾との語らい、章吾とのキス、章吾とのセックス。すべてが朋子を満ち足りた気持ちにした。欲しくて欲しくてたまらなかった章吾。

もう決して離しはしない。誰にも渡さない。


会社の帰り、デパートの地下で買物を済ませ、朋子は章吾のアパートへと向かっていた。

半年後に結婚式を挙げる予定も決まり、朋子の幸福はもう夢物語ではなく、現実のものとなっていた。最近は新宿のショットバーで飲むこともない。こうして会社の帰りに肉やワインを買って、章吾の部屋でふたりで過ごす。その甘やかな時間を思い、朋子の足は弾んでいる。

駅は混雑していた。人の流れに押されるようにホームに向かう階段を登って行った。紙袋を持ち替えて、朋子はふと振り返った。

視線を感じた。けれど、知っている顔などあるはずもない。背後には、帰り道を急ぐサラリーマンやＯＬが続くばかりだ。

近ごろ、時折、こんな視線を感じることがあった。誰かに見られているような、後をつけられているような、それは背中に張りついた一筋の忌まわしい濡れ髪のように、払っても払ってもまとわりついて来る。

振り向いても、それらしき何かを見つけたことはない。ただ、気配がぼんやりと漂っているだけだ。

ホームに立ち、朋子は章吾と過ごす今夜のことを考えた。もう、誰のものでもない。章吾の声、章吾の身体、章吾の心、章吾のすべてが自分のものだ。

地響きに似た低い音をたてて、電車が近付いて来る。

来月には指輪を買いにゆく。式場の手配もしなければならない。旅行のこと、新居のこと、たくさんの計画が目の前に広がっていた。

電車はだんだんと大きくなった。まさに今、ホームに滑り込もうとするその瞬間。

朋子は背中に強い衝撃を感じた。悪意に満ちた力だった。あっ、と短く叫んだ。しかし朋子の身体はバランスを失い、大きく前のめりになった。

電車のライトが眩しく光る。

朋子は必死に身体をひねり、手を伸ばした。誰でもいい、つかまろうとする。

一本の腕が差し出された。朋子はやみくもにその手を求めたが、指先が触れ合う直前に、腕は不意に退いた。

朋子の腕が空を切る。ふわりと身体が宙に浮いた。電車が入って来る。

その時、目が合った。その唇がゆっくりと動き始めるのを朋子は呆然と見つめていた。伸ばされた腕の向こうに、もうひとつの自分の顔があった。

誰にも渡さない。

轟音《ごうおん》に紛れて、その声だけが耳に残った。

闇に挿す花

私の仕事は、午前十時半、入荷した花の手入れから始まる。段ボールや紙包みを解いて、伝票をチェックする。花の状態を調べる。仕入値から売値を決める。根元を切って、水を張ったバケツの中へ入れ、十分に水を吸わせる。

その間に、まだ商品として店頭に残せる花、見切って安売りしてしまう花、処分してしまう花をよりわける。処分と決めたら、躊躇なくさっさとビニールの袋の中に捨ててしまう。ゴミと一緒になった花は、つい今しがたまで花であったとは思えないほど無残な姿に変わり果てる。けれど私は何も思わない。

最初の頃は、いくらかの罪悪感もあった。まだかすかに息があるものに、墓の土をかけてしまうような気がした。けれど今は何も感じない。花はすでに死んでいる。根から切り離された時に、美しさは死後硬直として与えられたものと同じでしかない。美しい花器に飾られようが、ビニール袋に放りこまれようが、結局は同じことなのだ。

このフラワーショップに勤めるようになってから四年がたっていた。きっかけは離婚だった。離婚後のからっぽになった心を抱えて、私はこの町に住むようになった。結婚生活は一年にも満たなかった。二十九年のうちのたった一年。今はもう、自分が結婚していたかどうかさえ定かではない。

駅前にあるこのフラワーショップの入口に店員募集の紙が張ってあるのを見つけたのは、

独り暮らしを始めて、三ヵ月ほどたった時だった。駅前という好条件もあって、店はよく流行《はや》っている。売り花だけでなく、時には美容院やブティック、銀行などに生け込みに行くこともある。OLの頃、フラワーアレンジメントの教室に通っていたことがうまく役立ってくれた。

午後の四時頃まで、大した忙しさはない。その間に、注文を受けた花束や盛り花などを作り、ガラス張りの冷蔵庫の中に入れておく。アルバイトの女の子がふたり。彼女たちはもっぱら接客と掃除が仕事だ。

オーナーが顔を出すのは閉店直前で、レジの前に座るだけである。花のディスプレーから仕入れまでほとんど私ひとりに任されていて、その割りにはお給料の面で多少不満がないわけでもないが、オーナーが一日中いる煩《わずら》わしさを思うとこの方が気が楽だった。

忙しさは四時を境に始まる。買物帰りの主婦。会社帰りのOLやサラリーマン。通りすがりの客。面倒なのは、花束の注文で好みをころころ変える客だ。ユリがいいと言ったかと思うとバラがいいと言い、赤いバラに決めてから黄色いバラに変える。それによって周囲にあしらう小花やグリーンもすべて変えなければならない。もちろん客は大切だから文句を言う気はないが、一時間近くもひとりの客に付き合わされたりすると、さすがにうんざりする。

その父娘が店に現われたのは、金曜日、閉店間際の八時近くだった。

マユ、という呼び声に私は振り返った。

「マユ、どれでも好きなのを選んでいいからね」

「じゃあ、チューリップがいい。ほら、そのオレンジ色の花びらがツンととがってる」

私はふたりに近付いた。

「いらっしゃいませ。どれにいたしましょうか」

「そのチューリップがいいそうだ」

「はい」

私はガラス張りの冷蔵庫を開けて、父親の方を振り返った。

「これですね」

「ああ」

「何本にしましょうか？」

私は子供が苦手だった。だから父親の方に尋ねた。父親が娘を見下ろす。娘が父を見上げる。十歳くらいだろうか。ショートカットで利発そうな目をしている。父親は四十歳くらいだ。彼女は澄んだ声で言った。

「十本」

「わかりました」

私はそれを抜き取った。このチューリップはバレリーナという名を持っている。花びらの繊細さが、トウシューズを履いたバレリーナを連想させるのだろう。

グリーンを適当に加えて花束を作った。淡いピンクのりぼんをかけた。それを受け取ると、娘は嬉しそうに父の顔を見上げた。

「お母さん、きっと喜ぶわ」

代金を受け取り、レジで精算をする。父娘の会話が耳に入って来る。

「女の人って花に弱いもの。お父さんも時々買って帰ったら。毎晩遅いのも、それだけでお母さん、きっと許してくれる」

「ああ、そうだね」

痛いところをつかれて、父親が苦笑している。

おつりを持って、私は父娘に近付いた。

「ありがとうございました」

娘が先に通りに飛び出す。おつりを受け取りながら、父親は身体をひねらせて声を上げる。

「マユ、危ないぞ」

やがて父親は娘を追って外に出て行った。

今夜はふたりが最後の客だった。後片付けをしながら、私は「マユ」という呼び名を思い出していた。私もかつてそう呼ばれていた。呼んでいたのは父だ。真弓という名前の上の二文字をとって、マユ。


アパートに着いたのは八時半を過ぎていた。ひとりの夕食を済まし、お風呂に入ると、もう後は何もすることがない。テレビはつけっ放しだが、音声は消している。安普請《やすぶしん》の壁のせいで、以前、隣人に「うるさい」と怒鳴られたことがあり、いつの間にかそれが習慣になっていた。

離婚した時、なぜ実家に帰らなかったのかと思う人もいるようだ。確かに、そうすれば食と住に関して心配はなかったかもしれない。しかし母との生活は私に不必要な緊張を強要する。それくらいなら隣人に怒鳴られる方がましだった。

母は新宿で飲み屋をやっている。今年五十歳になるが、まだ十分に女としての潤いを持っていて、娘にはばかることなく男の匂いを持ち帰るようなところがある。けれど、それはい い。たまらないのは、母が酔いに任せて私を皮肉ることだ。

「あんた、耳の形がそっくりなのね。そう、その耳たぶの薄いところ、そういうのお金に縁がない証拠だって言うけど、あんたもそうかしらね。ああ、やだやだ、貧乏臭いったらありゃしない」

そうやって、父を持ち出す時、私は母を深く憎む。そして憎んだ分だけ、疲れ果てる。母の人生の常闇《とこやみ》の部分を受けとめられるほど、私は鷹揚《おうよう》な娘ではなかった。

父は画家だった。それも売れない画家で、どれだけ描いても父の作品が、父が破り捨ててしまう以外、家の中からなくなることはなかった。何度か売り絵的な注文が来たこともあったが、父は描かなかった。描けなかったのだと思う。父はいかにも芸術家らしい我儘《わがまま》さと、甲斐性《かいしょう》のなさを自覚している小心な男の両方を持ち合わせていた。

父とは対照的に母は逞《たくま》しい。生活力が旺盛で、夫と娘の面倒をひとりで見て来た。母が父の稼ぎに見切りをつけて、水商売の世界に足を踏み入れた時、父は何も言わなかった。収入のない父に言えるはずもなかった。その最初の黙認が母に自由を与えた。帰りがどんなに遅くなっても、やがて帰って来ない夜があっても、父は何も言わなかった。いつしか父は絵を描くのはやめていた。

両親にとっては、苛立ちとやりきれなさに埋もれた日々だったかもしれない。けれど私は幸福だった。夕方、家に帰ると、必ず父がいる。たいがい縁に座って庭を眺めていた。ただいま、と声をかけて私は父の背に抱きつく。絵は描かなくなっても、父には油絵の具の匂いがしみ込んでいて、私はそれを身体の奥底まで吸い込んだ。

私は父が好きだった。口うるさい母と違って、父は私のすべてを受け入れてくれた。何をしても許し、何を言っても怒らない。夜、恐い夢を見て潜り込むのは、必ず父の布団だった。父は私の背を撫でながらこう言った。

「大丈夫だよ、マユは何も心配しなくていい。父さんが守ってやる。マユを苦しめるすべてのことから守ってやるから」

父の布団の中は狂おしいような甘美な匂いで溢《あふ》れていた。

父の死が事故だったのか自殺だったのか、私は知らない。私が十二歳の時、父は電車に轢《ひ》かれて死んだ。父が死んだ夜、私は「マユ」と呼ぶ声を聞いた。目が覚めると、私は急いで父の部屋に向かった。けれど父の姿はなく、きちんと畳まれた布団だけが置いてあった。その時、私はすでに父が死んだことを感じた。

「嘘つき」

私は泣いた。

「嘘つき。私のことずっと守ってくれるって言ったじゃない」

父娘はそれから時折花を買いに来るようになった。それはたいてい金曜日、閉店間際の八時頃だ。娘のピアノのレッスン場がこの近くにあり、帰りに父親の仕事場に寄って一緒に帰ることになっているらしい。

初めて娘と一緒ではない父親と顔を合わせたのは、注文を受けた花束を届けに行った時だった。駅裏のオフィスビルの一室、堂本会計事務所のドアを押すと、奥の席に彼が座っていた。事務員がふたりの小さな会計事務所だ。花束を抱えた私を見て、堂本は自ら席を立って受け取りに来た。

「いつもありがとうございます」

私が頭を下げると、堂本は少し照れたように胸ポケットの財布をさぐった。

「さすがに覚えてるんだね」

「接客商売ですから」

「顧客がちょっと入院してね」

「お見舞い用と伺いましたので、それらしいアレンジにしておきました。それからこれは領収書です」

「どうもありがとう」

その時は短い会話を交わしただけだった。

二度目は、それから三日後だ。家に帰る途中、コンビニから出て来たところでばったり会ったのだ。

「こんばんは」

と彼が言った。

「こんばんは」

私も答えた。

いったんそこで別れ、少し歩きだしてから振り向くと、堂本もまた振り向いた。目が合った。堂本は足を止め、身体の向きを変えた。私は立ったまま、距離が縮まるのを待った。ふたりで食事をした。お酒を飲んだ。それからバーでもう少し飲んだ。そしてホテルに入った。

仕事でいちばん楽しいのは、やはりアレンジをしている時だろう。相手の用途と予算を聞いて作り始める。最近は花束より籠《かご》盛りの方が人気がある。相手に花瓶を用意させる手間が省けるのが理由だ。作る側としても、その方が嬉しい。花束として美しく出来上がっても、花瓶に移す段階でひどい状態になってしまうことが多いからだ。

今日はバースディ用のアレンジの注文を受けていて、私は午前の仕事を終えるとそれを作り始めた。

オアシスという、剣山の代わりをするスポンジにたっぷりと水を含ませる。花器を選び、指二本分ほど高くオアシスをセットし、丸く面取りする。テープでそれを固定する。そして花を挿し始める。枝ものは鋏《はさみ》でカットするが、茎はナイフで処理する。吸水面積が広くなるように斜めに切る。こうすればオアシスにも挿しやすい。

まずカサブランカと呼ばれる大輪のユリを短く切って挿した。次にストロベリーキャンドルという紅紫色の小花を持ち、茎が美しい曲線を持つ花で動きを出す。モンテカルロという名のチューリップは濃いピンクでユリを引き立てる。ラナンキュラス、スカビオサ、クリスマスローズ、ニゲラを使って華やかさを出してゆく。

挿してから迷ってはいけない。いったん挿した花を引き抜くようなことがあると、たいていそれは失敗作となる。またオアシスを水に浸すところから始めなければならない。

今日はうまくいきそうだ。四時までにあとふたつ作らなければならない。

堂本とは月に一度か二度会うようになっていた。食事をしてホテルに入る。テーブルを挟んでの会話も楽しくないわけではないが、ベッドの中で、言葉とキスが混ざり合う会話を交わすのが私は好きだった。

「君はどうして離婚したんだ？」

堂本が初めて私のプライバシーについて尋ねたのは、会って三度目の時だった。

「そうね、つきつめれば性格の不一致ってとこかしら」

「その言葉は本当に便利だね、すべてのことを言いあててしまう」

「でも、本当のことは何も語ってはいないけれど」

堂本が身体の位置を変える。ベッドが揺れる。体毛の少ない堂本の身体は指先に心地よい弾力を持っている。どうして男の身体はこんなにも暖かいのだろう。もしこれ以上熱くなったら、私の身体は蠟《ろう》のようにとろとろと溶けだしてしまうかもしれない。


堂本は時折マユの話をした。

麻由子、十一歳。有名小学校に通っていること。ピアノとスイミングのレッスンに通っていること。

ふたりが関係を持つようになっても、堂本は娘と一緒に店に来た。もちろん、私は店員以上の素振りを見せることはない。マユはいつも値段など少しも気にすることなく花を選び、私にそれを包ませる。

子供の話をするのは、堂本にとってどういう意味があるのだろう。妻の愚痴を言うよりもマシと思っているのかもしれない。もしかしたら、私に対する牽制《けんせい》なのかもしれない。

もう何度か通っているレストランで、堂本はワインに少し酔った目で、いつものようにマユの話を始めた。

「マユの小学校受験の時は大変だったよ。夫婦共通の趣味は何か、と聞かれた時は、さすがに慌てた。そんな質問は、面接ガイドに載ってなかったからね」

「それで、何て答えたの？」

「子育て」

私は思わず吹き出した。

「とてもいい答えだわ」

「みたいだね。面接官は好意的に笑ってくれたよ。まあ、受かってくれたからよかった」

「どうして、その小学校にいれたかったの？」

「あそこは制服が可愛いんだ。とにかく、マユにそれを着せたかった。これがまたよく似合うんだ」

堂本が目を細める。父親が娘を愛する気持ちを、私は理解しているつもりだ。私自身が父に愛された。それは恋に似ている。遠慮なく抱き締めることができる短い時間を思う存分味わうために、父は娘を底知れず愛する。そして娘は、父が誰より強く自分に片思いしていることをすでに知っている。娘は身体が小さいだけで、すでに女だった。

娘の話をする堂本が、私は嫌いではなかった。彼の色素の薄い唇から、マユという言葉が出るたび、微笑ましくなる。我儘で、いたずらで、勝ち気で、愛しいマユ。

「君は僕を親バカだって思うだろうな」

堂本が笑う。笑うと左の頬に笑くぼがのぞく。すると思いがけず少年のように見える。そんな時、私は堂本と早くベッドに入りたいと思う。

花を扱う商売を綺麗な仕事だと思っているとしたら、それは大間違いだ。私の手は荒れ放題だ。朝から晩まで水を使い、枝や茎は容赦なく皮膚を傷つける。爪は割れて艶を失い、真夏であっても指先からあかぎれが消えたことはなかった。

店の奥でいつものように注文の花籠をアレンジしていると、最近アルバイトとして入ったばかりの女の子がやって来た。まだ十九歳だ。彼女は私の手元を眺め、うっとりした声で言う。

「素敵ですねえ。私も早く、そういうのを作れるようになりたいわ。将来はフラワーコーディネーターになりたいんです」

「そう」

私は手を休めない。黄色のカラーとマーガレットを中心にし、サンダーソニアやクジャクソウ、ニゲラ、マトリカリアなどでまとめ、同系色の優しい感じのアレンジにしようと思っているのだが、なかなか思う通りに決まってくれない。

「花って、人の気持ちを和ませるでしょう。それにいつかは枯れてなくなってしまうじゃないですか。永遠に残るものじゃないってところがいいんですよね。花束もらって喜ばない人なんていないもの」

私は手を止め、花籠を眺めた。うまく決まらないのはカラーとマーガレットの大きさが似過ぎているのが原因だった。ふたつが重なってバランスが悪く、散漫とした感じになる。もう少し小さめのマーガレットを選べばよかった。私は息を吐いた。そしてすべての花を抜き始めた。

「あ、やり直しですか。真弓さんみたいなベテランでもそういうことあるんですね。でも、それだけ完璧なアレンジを目指してるってことだから、すごいわ」

私は彼女に顔を向けた。この子はたぶんいい子なのだろう。友達もたくさんいて、週末にはコンパの誘いの電話もかかって来るのだろう。けれど、こういった健全さは、私を時折ひどく苛立たせる。馬鹿だ、と思うのだ。ガーベラとデイジーの区別もつかない。なのにフラワーコーディネーターになりたいと言う。その、素顔に流行りのベージュの口紅とブルーのマスカラを塗ったつるんとした顔で、正論もどきを堂々と口にするなんて、恥を知らないとしか思えない。

私は腹が立つと、時々、思いがけず優しい声で仕返しをする。

「ねえ、私、この間すごく気持ちの悪いホラービデオを観たのよ」

新しいオアシスを水に浸けながら私は言った。

「どんなのですか？」

「殺人鬼がね、理想の女を作りたいと望むの。この世には存在しない自分だけの女を」

「へえ」

「そのために、たくさんの女を殺して集めて来るの。その死体をばらばらにして、気に入った部分をつなぎ合わせるの。顔はこれ、腕はこれ、おっぱいはこれ、お尻はこれってふうに」

「すごーい、気持ちわるーい」

彼女は大げさに嬌声《きょうせい》を上げる。

「そのうち、理想はだんだん高くなって、もっといい女を作りたいと思うわけ。たとえば目はグリーンがいいと思うと、グリーンの目をした女を殺して、スプーンでぐりっと取り出すの。それではめこむのよ。耳とか指とか髪型とかにも凝ってきて、だんだん切り刻む場所も細かくなってゆくの」

彼女は少し怯えたような目をした。私はすっかり楽しくなった。

「それに、いったん理想の女が出来上がっても、やがては腐ってしまうじゃない。だからまた人を殺して作るわけ。つまり理想の女を手に入れるためには、永遠に殺し続けるしかないの」

そして私はオアシスを水から上げ、彼女に顔を向けた。

「ねえ、フラワーアレンジって、それに似てると思わない？」

「え？」

彼女はしばらく惚《ほう》けた表情をし、それから笑顔を作った。

「やだ、真弓さんったら、言ってることわかんない」

私は優しい笑顔を返した。

「僕は君に何もしてあげられない」

堂本が私の反応を探るように言った。もう付き合い始めて一年近くがたっていた。堂本は、自分の言葉や態度が私に期待を与え、その期待が叶わないことで、私の感情が妻への嫉妬、もしかしたら具体的な行動に変わるのではないかと、恐れを持っているのだった。

「私が結婚を望んでいると思ってるのね」

「いや、そういうわけじゃないが」

言葉を濁らせながら、堂本は答えた。

「妻は一度やったわ。あの時はすごく妻になりたかった。でも、違ってた。私のなりたかったのは妻じゃなかった。だから離婚したの。もう妻になる気はないわ」

「そうか」

少し拍子抜けしたように堂本は言う。それから私に顔を向けた。ベッドサイドの灯りが、堂本の顔半分だけを白く照らしている。

「なりたかったのは、なに？」

「え？」

「妻じゃなかったら、何になりたかったのかと思って」

「さあ、何だったのかしら」

私は夫を愛していた。愛していたから結婚した。愛する男と一緒に暮らすにはそれしか方法を知らなかったからだ。

結婚して毎日が楽しかった。私は会社を辞めて家庭に入った。二十四歳の時だ。私が夫を愛するように、夫も私を愛してくれた。食事を作ることも、洗濯や掃除をすることも、たとえ一日家から一歩も外に出なくても少しも退屈しなかった。

夫は穏やかな人だった。印刷会社のサラリーマンで、怒るどころか大きい声を出したこともなかった。ありふれた結婚かもしれないが、私は幸福だった。

それを壊したのは、たぶん私だろう。結婚後、半年して妊娠した私は、夫には何も言わず堕胎した。

知った夫は激怒した。激怒は失望に代わり、私への不信となった。

なぜだ、と夫は言った。僕たちの子供じゃないか。それをなぜ。

「私、子供が嫌いなの」

答えがうまく見つからず、そう答えた時の、夫の目をまだ忘れてはいない。おぞましい生き物を見るような目で、私を見た。

私は確かに子供が嫌いだ。大嫌いだと言ってもいい。甲高い声も、傍若無人な振る舞いも、どんなに無茶な要求も許されるのが当然という傲慢さも、弱者であることを楯にして愛される権利だけを主張する無邪気さも。

私たちの生活に子供が介入する。子供を抱き締める夫を想像しただけで、私は我慢ができなかった。

三ヵ月後、夫が離婚届を差し出した。

「君がわからなくなった」

すっかり肉が落ちた彼の頬が痛々しかった。私は何も言わず判を捺した。

最近では、堂本に私からせがんで娘の話を聞き出すようになっていた。妻のことではないということが、堂本を安心させるのだろう。彼は気やすく聞かせてくれた。

「この間、マユの十二歳の誕生日に、レストランで食事をしたんだ。事前にシェフに娘の誕生日のことを話しておいたら、デザートに大きなケーキを出してくれてね。もちろん蠟燭《ろうそく》が十二本たっている。そしたらレストラン中のお客がハッピーバースディを歌ってくれたんだ。マユときたら、泣きだしてしまってね。よっぽど嬉しかったんだろうな」

堂本が目を細める。そんな堂本の表情が私は好きだった。

「あなたは本当にいいお父さんなのね」

「ひとりっ子だからね」

「ねえ、娘のためなら死ねる？」

「え？」

「死ねる？」

「そうだな、たぶん」

「そう」

「妻のためには死ねないけどね。それが血のつながった親子というものだ」

堂本が私の身体を引き寄せる。熱い息が口の中に吹き込まれる。私は堂本のために、足を広げる。堂本のいちばん喜ぶことをしてあげる。

「愛している」

と、堂本は何度も言った。

けれど堂本は、私のためには死ねない。同じ名のマユのためには死ねても、私のためには決して死ねない。

かつての夫が訪ねて来たのは、お昼を少し過ぎた時間だった。突然の訪問にとても驚いたが、別れてからずいぶんたったというのに夫の穏やかな眼差《まなざ》しは少しも変わらず、私はある種の痛みを感じながら彼を見つめ返した。私は彼のその穏やかさを愛し、そして自分で裏切った。

「少し話したいことがあるんだ。時間、もらえないかな」

私はアルバイトの女の子に後を任せ、エプロンをはずした。女の子たちの興味ありげな目に送られて外に出た。私たちは近くの喫茶店で向き合った。

彼は単刀直入に言った。

「結婚しようと思ってるんだ」

「そう、それはおめでとう」

私はアイスコーヒーの氷をストローでからからとかき回した。

「その前に、どうしても聞いておきたかった。でないと、結婚に自信が持てないんだ」

「なに？」

彼はコーヒーに手をつけようともしない。

「どうして、あの時、君は僕たちの子供を勝手に始末してしまったんだ。それが僕にはどうしても理解できない。君は子供が嫌いだからと言った。確かにそんな人はたくさんいる。だが、自分の子供は別だ。子供が嫌いという理由だけで、夫である僕に無断で子供を始末してしまうなんてことがあるのだろうか」

「そうね」

「別の理由があったんじゃないか？」

「別の理由って？」

夫は少しの躊躇のあと、言った。

「こんなことは考えたくないが、本当は僕の子供ではなかったとか」

私は顔を上げた。そしてすぐに察した。この人はそれを望んでいるのだ。そうであったら納得がゆく。もう女全体に不信を持つ必要はなくなる。再婚するにも自信が持てる。

私は顔を伏せ、しばらくしてから頷いた。

「ええ、そう。ごめんなさい」

彼が何も言わずに席を立ってゆく。目の前に、まだ湯気を上げているコーヒーだけが残されている。

堂本が別れを切りだそうとしていることは、薄々気がついていた。私はとても聞き分けのよい愛人で、結婚を要求することもなく、堂本のためだけに服を脱いできたが、やはりそんな私を彼はどこかで信用していないのだった。

いずれ必ず、私の要求が形になり、妻とのいざこざを起こすようになる。そうなる前に、うまく別れてしまうほうが得策と考えているのだった。

「君もそろそろ、自分のことを考えた方がいい。いつまでも僕のような男にかかわっていたら、人生が台無しになってしまう」

私は堂本の顔を見た。私を愛していると呟いたその口を見た。私のどんな恥ずかしい場所も知っているその目を見た。

もう他人の顔だった。


私はブーケを作っていた。

主にハーブを使った。ペパーミントやセージ、レモンバーム。花はスターチスにローズゼラニウム。バランスを考えてもう少し白っぽい花も加えよう。

お店が忙しくなるのはわかっていたが、三時少し前に、時間をもらった。アルバイトの女の子たちは不満そうな顔をしたが、気にしないことにした。

私は小学校の前に立っていた。校門から児童たちが小さな虫のように飛び出て来る。私は同じ制服、同じ帽子、同じ鞄の中から注意深く彼女を見つけだした。

「マユ、ちゃん」

ためらいがちに声をかけると、彼女が振り向いた。はじめ怪訝そうな目を向けた彼女だったが、手にしているブーケで思い出したように、一緒にいた友達から離れ、私に近付いて来た。

「花屋さんのおねえさん」

「そう、覚えてくれてて嬉しいわ」

「何かご用ですか？」

いくらかの警戒をこめた目で私を見上げる。

「これ、お父さんから」

「え？」

「お祝いですって」

受け取りながら、彼女は疑問を投げ掛けて来た。

「何の？」

「さあ。それはお父さんに直接聞いて。近くで待っていらっしゃるの。一緒に行きましょう」

「どこ？」

「すぐ近く」

私の差し出した手に、マユが目を向ける。それから待っている友達に手を振った。

「ごめん、お父さんだって」

それからおずおずとつかまった。私たちは歩き始めた。

小さな手。この手はいつも堂本にすっぽり包み込まれ、守られている。私が欲しいのは妻の座じゃない。私の身体の空洞を埋める肉の塊でもない。私はただ抱き締められたい。私のために死んでもいいほど愛されたい。堂本がマユと呼ぶ、その底知れぬ愛が欲しい。

マユの手を握り締めて、私は歩き続ける。

「まだ？」

彼女が尋ねる。

「もうすぐよ、もうすぐ」

私は笑顔で答える。私が欲しいものをすべて持っているこの小さな女に、ほほ笑む。

私はどこに行こうとしているのだろう。何をしようとしているのだろう。

マユ、と私を呼ぶ父の声が聞こえたような気がした。

翠の呼び声

なんだ、簡単なことではないか。

それに気がつくと、頰に笑みが浮かんだ。

どうして今まで気がつかなかったのだろう。それを実行さえすれば、この絶望から逃れられる。身体の細胞の隙間までも黒く塗り潰してしまう夜の闇も、カーテンの隙間から嘲《あざけ》るように差し込む健康的な朝の光も迎えなくて済む。後悔も思い出も期待も、憎しみさえも消滅する。自分の形のあるところも、ないところもこの世からなくなる。ただ無になる。

それは本当に簡単なことだった。

気がついてしまえば、今まで気がつかなかったのが、不思議なぐらいだった。

音絵は笑った。

笑いながら、笑うのは何日ぶりだろうと考えていた。


そのことを教えてくれたのはミャアだった。

本当の名前は知らない。飼猫か野良なのかもわからない。ミャアという名前も、音絵が勝手につけたものだ。

一年ほど前から、ミャアはたびたび音絵の部屋を訪れるようになった。全身は長めの白い毛に覆われ、顔の右半分と、後足に茶色い毛を持っている。目は深い翠《みどり》色だ。二代くらい前には洋猫の血が入っているのかもしれない。

ミャアはたいがい夜、現われた。仕事を終えて、疲れた身体を持て余すようにアパートに入ると、明かりをつけるのを待っていたかのように玄関や物干しに続くサッシ戸の向こうでチリチリと音がする。音絵がつけてやった首輪の鈴の音だった。まるで恋人を招き入れるように、音絵は戸の鍵をはずした。時には、そのまま同じ布団の中で眠ることもあった。

そのミャアが、死んだのだった。

ここしばらく、顔を見せないと思っていた。いや、実はそのことに気付く余裕もない毎日を、音絵はここのところ送っていた。眠らず、食べず、顔も洗わず、会社にも行かず、ただ部屋の中で身体を丸め、そこにあるテーブルやクッションと同じように転がっていた。

何日かぶりで、サッシ戸を開けると、ミャアが物干し台の隅でうずくまるように丸まっていた。

ミャアは美しく死んでいた。死後硬直も解けて、身体は少し傷みかけていたが、その分、穏やかな顔をしていた。

音絵はミャアを抱いた。毛並みにはまだ艶さえ残っている。こうしていると、いつものように顔をこすりつけて甘えてきそうな気がする。けれど死んでいる。決して開けない目がそれを物語っている。

音絵は長い間、ミャアを抱き続けていた。それからやがて決心したように、近くの公園に行き、目立たない花壇の奥に穴を掘った。スコップなどなく、手で掘った。爪に土が入り込み真っ黒になった。

陽が傾き、背中だけが妙に暖かかった。掘った穴には音絵の影がかかり、その真っ暗な中に、ミャアの身体を横たえた。

「ごめん」

と、音絵は呟いた。

「ひとりで行かせてごめん」

その時、気がついたのだった。

そうだ、そうすればいい。

ミャアの足に土をかける。身体にかける。最後に顔にかける時、鈴が鳴った。音絵は思わず手を止めた。

「待っててね。すぐに行くから、きっと行くから」

やがて、ミャアのすべてが土に埋もれ、この世から消えた。


実行は一ヵ月後に決めた。

一ヵ月後の今日。それだけあれば身辺の整理もできる。残したくない手紙や日記の類いはみんな処分し、たまった新聞や古着もゴミ収集日には出しておこう。流し台の下や、風呂場の排水口も洗っておきたい。最後だから美容院にも行っておこうか。

そんなことを考えていると、久しぶりに気持ちが晴れ晴れとした。閉塞していた心に穴があいて、そこから濁った水が流れ出てゆくような感じだった。

まずはコンビニに出掛けた。もう一週間ばかり、食べ物らしいものは口にしていない。食べたいとも思わなかった。けれど今は、食べておこうと思う。どうせ食べられなくなる。だったら今まで我慢していたものを何もかも。倹約のため、身体のためなどという、今となれば笑ってしまうような理由で遠ざけていたもの、たとえばスナック菓子、たとえばアーモンドチョコレート、あんドーナッツにプリン、アイスクリーム、それはあまりにもささやか過ぎる贅沢だった。音絵は買物カゴを手に、そういったものを目に止まるままカゴに放り込んだ。

将来のために一日千円以内で暮らそうなんてもう考えなくていい。コツコツと貯めて来た預金はすべて失ってしまった。わずかに残ったお金もこの一ヵ月の間にみんな使ってしまって構わない。

アパートに戻って、テーブルの上にそれらを並べた。添加物とハイカロリーの権化のような食べ物たち。それらを音絵は次から次と口に運んだ。おいしい、と思った。

おなかが満たされると、しばらくぼんやりした。自分の気が変わるかもしれないと、半分恐々《こわごわ》とした気分で待った。けれど、変わりはしなかった。それが音絵を力づけた。

方法は何がいいだろう。さまざまな選択が目の前にあった。音絵は嬉しくなった。今まで、自分がこんなにも自由な気持ちで、物事を選ぶ立場になど立ったことはなかったように思う。

最初に思いついたのは、睡眠薬だった。眠ったまま、というのは魅力だ。けれども、確実に目的を果たせるほどの薬をどう手に入れたらいいのかがわからない。量を間違えて、ただ眠っただけで蘇っても困る。

　飛び降りるのはどうだろう。この辺りには都合のよさそうなビルがいくつかある。失敗も少ない。けれども、最近は落下物に対してひどく注意がなされている。下手に人とぶつかって巻き添えにしてしまうことがあっても後味が悪い。真夜中でも、東京は誰が歩いているかわからない。

　ならば焼身はどうだろう。川原に行ってガソリンをかぶり火をつける。かなりセンセーショナルだ。けれど、小さい頃、コークスストーブで火傷をしたことがある。とても痛かった。あれが全身となると、痛さもかなりなものだ。痛いのは嫌だ。楽なのがいい。だったらガスは？　それも爆発する恐れがある。賠償問題が後に残るのも困る。

　方法はたくさんあるが、どれが確実で自分にふさわしいかを考えると、なかなか決められなかった。

　けれど、そういった迷いも悪くなかった。まるで新しい洋服を選ぶような思いで、音絵は想像をめぐらせた。

　その時、玄関先で鈴の音が聞こえたような気がして、音絵は慌てて立ち上がった。

　ドアを開けると、見知らぬ青年が立っていた。ミャアは死んだのだ、そのことを音絵は思い出した。

　青年は戸惑ったように、音絵を見つめ、ぺこりと頭を下げた。

　音絵は見知らぬ人と言葉を交わす時、つい吃音《きつおん》が出てしまう癖を持っている。相手にそれを気付かれないよう、小声で短く尋ねた。

「……どちらさまですか？」

「あの」

と、言ったきり彼は口ごもった。青年というより、まだ少年っぽさされ残している。どこか懐かしさを感じさせるような瞳で、彼は音絵を見た。

ああ、と思った。新聞の勧誘だ。

「悪いけど、新聞ならいりません」

「え……」

「ごめんなさい。どうせひと月で、私、いなくなるから、とってあげられないの」

「引っ越しですか？」

「ええ、まあ、そんなところ。だから、ごめんなさい」

彼はまだ何かもの言いたげな顔をしていたが、音絵はあっさりとドアを閉めた。

音絵の実家は北陸の田舎にある。水稲と畑作の農家をやっている。父が死に、十歳違いの兄が結婚してから、音絵にとってそこは居心地のよい場所ではなくなっていた。義姉とは最初からうまくいかなかった。しかし農家に嫁いでくれるだけでありがたいのだと、母から言いきかされて何も言えなかった。田畑や家の名義はすべて兄のものになっていて、母でさえ気がねした。

それでも、上京して最初の頃はちょくちょく田舎に帰った。けれど三年目の夏、実家を建て直した時、そこに音絵の部屋はなかった。納屋に放り込まれた自分のタンスや机を見た時、もうここが帰る場所ではなくなったことを知った。六畳間の母の部屋で布団を並べた時「すまないね」と言った母の言葉が、ひどく淋《さび》しかった。

あれから、ずっと独りで過ごして来た。

十一年間、製本工場で働いた。上京したての頃、方言を笑われたことがきっかけで、人と言葉を交わす時に、緊張からやや吃音するようになり、自分から話すようなことはほとんどなくなった。製本工場は一日中うるさい機械音にまみれるが、その方が誰とも話す必要がなく、気が楽だった。毎朝、七時二十六分の電車に乗り、たいがい五時五十一分の電車で帰る。それも前から三両目と決まっている。若い頃は、華やかなネオンや、着飾った同年輩や、嬌声や恋に目がいった時もある。けれど、今はもうない。そんなものに目を向けた自分が恥ずかしかった。目を向けても、決して目を向けられないことを思い知らされるだけだった。

音絵は毎日、規則正しく会社とアパートを往復した。その道筋は、あまりに決まりきっていて、アスファルトに自分の靴跡がついてしまうのではないかと思われるほどだった。

それでも、慣れとは恐いものだ。

いつか音絵はそれが自分に与えられた、ふさわしい人生なのだと受け入れるようになっていた。東京に来れば何かが変わるとか、人生に期待するとか、そういったものはことごとく打ち砕かれた。何かを変えようと努力することより、すべてを受け入れて生きる方がずっと楽であることを知った。何も考えない、何も感じない。そうやって生きている自分は、都会という恐ろしく巨大な女王蟻《あり》に奉仕し続ける働き蟻なのだと思った。

話し相手はミャアだけだった。ミャアを抱き締め、その温もりを感じ取る時だけ、音絵はホッと息をつくことができた。

このまま、自分のことなど誰も気付かずに、いいや自分さえ気付かずに生きてゆければよかったのに。期待とか夢とか、未来とか幸福とか、思い出させないでくれたらよかったのに。

戸倉は不意に現われた。

まるで突然に現われるチェシャ猫のように、無関心という闇の中から音絵をまっすぐに見つめた。

「あの」

と、男に声を掛けられ、音絵は振り向いた。いつものように五時五十一分の、前から三両目の電車の中だった。男は言葉をかけておきながら、自分で驚いたような顔をした。

朴訥《ぼくとつ》とした印象の小柄な男だった。音絵より二、三歳年上、三十歳そこそこといったところだろうか。

「よく会いますね」

男はそれだけ言った。音絵は知らない。会った覚えなどない。というより、電車の中で誰かを確認するようなことを今までしたことがなかった。どう返事をしていいかわからず、黙っていると、男は音絵の下りる駅のふたつ前で下りて行った。

一週間、続けて男は現われた。音絵を見ると、ふっと表情を和らげて軽く頭を下げた。決まりきった日常に、うねりのようなものが生じていた。あれから言葉を掛けて来ることはなかったが、顔を合わす度、音絵は身体の中でひどく居心地の悪いものを感じた。長く培《つちか》ってきた生活がリズムを狂わせ、身体のあちこちで不協和音をたてた。

もうあの電車に乗るのはやめようか、そう思い始めた矢先、男の姿が見えなくなった。

いつも男が立っているはずの車両の真ん中のドア付近に目をやって、男がいないのを確認すると、音絵はホッと息を吐き出した。肩の荷が下りたような気分だった。それでいて、つい何度も同じ場所を振り返った。誰も音絵を見ることはない。音絵の姿など、目の端にもとまらない。自分に対する乗客の数だけの無関心の中で、音絵は視界を閉じた。

それから三日後に、再びその男が現われた時、音絵は狼狽《うろた》えていた。ドアのそばに男の存在を感じ、そちらに向けた頰が熱くなっているのを意識しながらも、決して顔を向けようとはしなかった。

男が乗客をかきわけ近付いて来る。どうしよう、と音絵は思う。

「こんばんは」

耳元で声がした。音絵はほんの少し首を向け、黙って頭を下げた。混んだ車内で、男の腕が音絵の肩に触れている。そこだけが別の身体になってしまったように緊張している。

「出張だったんです」

男は言った。

「長野の方に。寒かったです」

音絵は黙っている。

「よかったら、次の駅で下りませんか」

車内アナウンスが駅名を告げる。さあ、と男は促した。さあ、下りましょう。音絵はためらう。時間はとらせません。

喫茶店で向かい合っても、喋るどころか、男と目を合わすこともできず、音絵はただ俯いたまま自分の爪を見ていた。こんな所に座っている自分に混乱していた。

「すみません、強引に引っ張って来て。迷惑でしたか。ですよね。もうこんなことはしません。でも、これだけ受け取ってもらえませんか」

差し出したのは土で焼かれた小さな童《わらべ》人形だった。赤い着物をまとった姿で、鞠《まり》を手に持っている。

「長野のお土産です。深い意味などありません。これを見たら、何となくあなたにあげたくなって買ったんです。いらないなら、捨ててもらっても構いません」

音絵は黙っていた。何か言ったら、きっと吃音が出てしまう。

「こんなこと言ったら、失礼かもしれないけれど、電車であなたを見てから、いつも思ってたんです。僕と似てるって。すみません、こんな言い方やっぱり失礼ですよね。ただ、僕、もう長く東京に住んでいるんですけど、どうしても馴染《なじ》めないんです。努力はしたつもりなんですけど。だから、電車の中であなたの顔を見ると、いつもホッとしたような気分になってたんです。初めて声をかけた時、さぞかし不躾《ぶしつけ》な男だと思ったでしょうね。でも、僕にとっては一大決心だったんです。どうも、すみません」

彼は所々に「すみません」と言葉をはさみ、喋り続けた。

「あの、時々でいいんです。時々、こうして会ってもらえませんか」

男は言って、また小さく「すみません」とつけ加えた。

「やっぱり駄目でしょうか」

しばらくの沈黙の後、男にそう言われた時、音絵は目の前にある童人形がぼやけてゆくのを感じた。

答えの代わりに音絵はゆっくりと首を縦に振った。その拍子に、膝の上で結んでいた手の甲に雫《しずく》が落ちた。


戸倉は建築資材の卸の仕事をしていると言った。その戸倉は、やがて音絵のアパートに泊まってゆくようになった。生活するだけだった部屋に、愛らしい不必要なものが増えてゆく。たとえば戸倉のためのクッションや、戸倉のためのカップや、戸倉のためのタオル、歯ブラシ、パジャマ。

好きだ、と戸倉は言った。君が好きだ。その唇の動きを、音絵は奇跡を見るように見つめていた。自分が誰かに必要とされること、自分が女で、足の付け根からは涙と同じように熱い雫が落ちることを知った。

戸倉が泊まる夜は、ミャアは決して現われなかった。彼に紹介したくて、庭先から呼び寄せたこともある。けれどもミャアは警戒の色を隠そうともせず、素早い動作で姿を消した。

知り合って二ヵ月ほどがたった頃、戸倉が三百万の定期預金の証書と印鑑を差し出した。最初、音絵はそれが何を意味するのかよくわからなかった。

戸倉は一重の目をますます細くしながら、膝を正した。

「これを僕たちの将来のために使いたいと思ってるんだ。式とか、新居とか、いろいろ必要だろう。これが僕の全財産」

言葉が、狭く古ぼけたアパートの部屋の隅々にまで細かい粒子のように広がってゆく。それがプロポーズなのだとわかった時、音絵はただ狼狽えて、戸倉を見つめた。幸運を手にしたことのない音絵は、その受け取り方さえ知らなかった。

黙ったままでいる音絵に、戸倉は困惑の表情をした。

「ごめん、少しせっかち過ぎたかな」

音絵は首を振った。何か言おうとするのに言葉が見つからない。喜びは色も香りも形もなく、ただ温度だけがあった。指先が熱く、唇が熱く、心が熱かった。何も言えない自分のもどかしさに、音絵は身体を皮膚ごと裏返しにして、自分が今、何を思っているのか戸倉にみんなみせてしまいたかった。

「いいんだね、僕と結婚してくれるんだね」

黙ったまま頷くと、戸倉が音絵の身体を引き寄せた。音絵は自分の身体を愛しく思う。戸倉のために、どんな形にでも変わることができる自分の身体を愛しく思う。

戸倉は証書と印鑑を置いて行った。預かっておいてくれないか、これは僕にとっての結納金のようなものだから。

新しい生活。夢ではないのだ。もう自分は蟻ではない。何も考えず、何も期待せず、ただ都会に奉仕し続ける働き蟻ではもうないのだ。

戸倉が来ない夜、音絵はミャアを部屋に入れ、自分の幸福をこと細かく語った。ミャアはその翠がかった瞳を大きく開いて、静かに音絵の話に聞きいった。幸福の入口はひとつだが、出口はさまざまにある。語る幸福、考える幸福、予定という幸福、期待という幸福。そのすべての幸福を、音絵は自分にお手上げになるほど味わっていた。

その日、部屋を訪れた戸倉は、いつもと違ってどこかうわの空でいた。そんな彼に音絵は事情を尋ねたのだった。

「実は、建材の手付けのことでね。倒産会社の裏から回ってきたんだけど、モノは一流品なんだ。もう納入先は見付けてある。ただ、経路が経路だけに即金での取り引きと言われててね。納入先は、三ヵ月の手形で、と言ってるものだから、ちょっと困ってね」

それから戸倉は、何と答えてよいかわからずにいる音絵に、こう言った。

「あの、本当に申し訳ないんだけど、君に渡した定期預金、あれを使ってもいいだろうか。全部じゃない。あの中の二百万だけだ。それだって心配することはないんだ。三ヵ月たてば必ず返って来るお金だから」

音絵は頷いた。

「あなたのお金だもの、あなたの好きなように使っていいの。でもあの定期、満期まであと少しでしょう」

「仕方ないさ」

「よかったら」

「え？」

「よかったら、私のを使って。私も預金はそれくらい持ってるから。あなたのお金はそれとして、別に取っておきたいの」

戸倉は目を丸くした。

「いや、いけないよ。君のお金を借りるなんて」

「ううん、もう私のじゃない、私たちのお金よ。あなたは私に証書と印鑑を預けてくれてるんだもの。同じことよ」

「でも」

「いいの、そうして」

翌日、音絵は預金を下ろして戸倉に渡した。十一年働いて貯めたお金だった。

「ありがとう、本当に助かったよ。しばらく忙しくなるけど、来週には時間を取って式場を探そう。その次の週は君のお母さんに会いに一緒に田舎に行こう」

茶封筒に入った二百万を胸ポケットにしまう戸倉を、音絵はただ嬉しさだけで見つめていた。


やっぱり首を吊るのがいちばんよさそうだ。後が汚いと聞いたことがあるが、調べてみると、実行する前に、きちんとトイレをすませておけばそうでもないらしい。ハンカチをくわえていれば涎《よだれ》や舌も出ないという。苦しくないというのも、大いに決心を固めることになった。漠然と窒息と同じように考えていて、さぞかし七転八倒するものと思っていたが、息が止まるより早く、頸《けい》動脈と椎骨《ついこつ》動脈の両方がふさがれ、あっと言う間に意識がなくなってしまうという。

高さはドアノブやベッドでも可能だというが、絶対に失敗したくなかった。ロープにぶら下がっても足が届かない高さとなると、部屋を見渡しても見つからない。古いアパートは梁《はり》もない。そんな時、音絵はリサイクルショップで手ごろなぶら下がり健康器を見つけた。

これだ、と思った。

店主が愛想のいい表情で顔を出した。

「健康にはやっぱり背骨がいちばんだからね。折畳み式だから、持ち帰りもできるよ」

二千八百円だった。スチールパイプの下の方にセーラームーンのシールが貼ってあった。不要になったぶら下がり健康器に幸福な家族がぼんやりと透けて見えた。自分の最期を決定するものが中古で二千八百円というのが、あまりにふさわしい気がして、音絵はそれを抱えながら小さく笑った。

戸倉のことはすでに電話で母に告げていた。母は泣いていた。泣いて喜んでくれた。兄と義姉にはどうでもいいが、母だけには会わせておきたかった。

しかし翌週になっても、戸倉からの連絡はなかった。待ちくたびれて音絵は自分から電話をした。コールが一度あって、無機質な女の声が流れて来た。

「現在、この電話は使われておりません」

番号を間違えたようだ。すぐに受話器を置き、もう一度かけた。同じ声が返って来た。もう一度かけた。同じだった。それでもかけた。番号を押す指が震え始めた。聞こえるのは同じ女の声ばかりだ。それでも音絵は狂ったようにかけ続けた。

一ヵ月というのはちょうどよい期間だった。

音絵は身辺の整理をほどよく進めて行った。もったいないという気持ちを必要としない今、何もかもあっさりとゴミの日に出せた。

会社には電話で辞めることを告げた。社長は不機嫌さを隠そうともせず怒鳴った。

「そんな勝手が通用すると思ってるのか」

すみません、と小さく答えた。何かというと大声でまくしたてる社長に、音絵はいつもびくびくしていた。でも、もう恐くなかった。十一年間、よく働いたと自分でも思う。組合があったわけでもない。与えられた仕事を、与えられた賃金で、文句も言わず働いた。社長は音絵に汚くてきつい仕事をみんな押しつけ、若い事務員ばかりを可愛がっていた。もう、私は黙って奉仕し続ける働き蟻ではない。

「おまえが勝手に辞めるんだから、退職金は出ないと思え。今月分の給料だけは、ちゃんと振込んでおいてやる」

それで文句はなかった。退職金をもらってもどうせ使い途《みち》はない。今月分の家賃とガス・電気・水道・電話料金の引落しができればそれでいい。

あんな洋服を着てみたかったとか、あのレストランで食事をしたかったとか、旅行したかった場所とか、会っておきたかった人とか、たくさんあったような気がする。けれど、少し考えると、どうでもよかった。どれもこれも大したことには思えなかった。心残りはなかった。

戸倉のアパートは裳《も》抜《ぬ》けの殻《から》だった。勤めている会社は嘘だった。そして、音絵に預けた三百万の定期預金の証書も偽物だった。

騙《だま》された。それに気付いた時、音絵は自分が消滅してゆくのを感じた。もしかしたら、今まで生きて来たことさえ錯覚だったのかもしれない。

生きていればいいこともある。

そんなセリフを口にするのは、本当にいいことがあった人間か、心底無神経な人間に違いない。この先、生きていて、何もいいことがなかったら、どう責任をとるつもりなのだろう。人はたぶん、音絵のことを結婚詐欺にひっかかり有り金のすべてを奪われたことに絶望したと思うだろう。戸倉に対し怨念の固まりとなって死んでゆくような。けれど、それは違う。戸倉のことを恨んでなどいない。むしろ恨むことができたらどんなに楽だろう。

ずっとひとりで生きて来た。淋しかったが、孤独ではなかった。孤独というのは誰かと愛を分かち合うことを覚えた後のひとりだ。そして、この絶望的な孤独を埋めることができるのは、戸倉しかいない。その戸倉がいなくなった今、選択はひとつしかない。

音絵は誰にも相談しない。泣き付いたりもしない。慰めも励ましもいらない。今、こんなに元気でいられるのは、決心したからだ。この決心を変えることを想像するだけでうんざりだった。苦痛に思わず吐き気がこみあげるほどだ。誰にも止められない。やめる必要などこにあるだろう。選択は正しい。望むものはただひとつだ。

その日までを、音絵は充実して過ごした。

掃除や洗濯が楽しくて仕方なかった。意味もなく畳んでしまっておいた包装紙とか、使いもしない化粧品の試供品だとか、クッキーの空缶だとか商店名が入ったタオルだとか、押し入れに顔を突っ込み、景気よくゴミ袋に放り込むのは気持ちがよかった。

何度か遺書らしいものを書いたが、その度に破り捨てた。文字にすると自分に酔って、思ってもみない恨み言を、読み手の期待に応えて書いてしまいそうな気がした。戸倉を恨んでいない。あるのはただ空虚だ。決して埋めることのできない闇のような空間だけだ。

母にだけは何か言い残したい気もしたが、個人にあてられた遺書は、苦痛を与えるだけだろう。止めることができなかったという後悔を、母に押しつけたくなかった。何も残さないこと、生きていた痕跡など何も。それが自分には似合いの最後だろう。


いよいよ実行の日がやって来た。

音絵は目覚めるとお風呂に入り、髪を丁寧にブローした。お化粧もした。下着は新しいものに替え、少しオーデコロンもふった。

部屋はきちんと片付いている。不要なものはみんな捨ててしまった。

ぶら下がり健康器にはすでにロープがかかっている。一週間前、スーパーでいちばん丈夫そうなのを選んで買った。それは今、優しい楕円の形をして、出番を待っている。

昨日から何も食べていない。水も飲んでいない。戻すようなことがあったらみっともないという思いもあったが、やはり少し緊張しているのかもしれない、空腹感はまったくなかった。

音絵は立ち上がり、部屋を見渡した。

これでいい。何もかもが整っている。もうやり残したことは何もない。あったとしても、もうどうでもいい。

ぶら下がり健康器の下には、低い台が置いてある。それに乗って、ロープを首にかけ、足で台を蹴る。爪先の下に、二十センチの空間ができる。それは音絵を確実に旅立たせてくれる空間だ。

音絵は近付く。なんて魅惑的な楕円なのだろう。それは私をすべてから解放する。私を無にする。

その時、ドアがノックされた。

音絵は瞬く間に現実に引き戻された。出るつもりはなかった。放っておけば、留守だと諦めて帰るだろう。音絵は小さく息を吐き、来訪者が遠ざかるのを待った。

しかし、ノックは収まらなかった。

「いらっしゃいませんか。あの、すいません」

音絵が出るまで諦めそうな気配はない。このままノックを続けられ、周りに不審に思われても困る。音絵はうんざりした気持ちで、ドアを開けた。

あの彼だった。ちょうどひと月前、新聞の勧誘に来た青年だ。彼は音絵を見るとペコリと頭を下げた。

「前にも言ったけど、新聞ならとれないの」

「僕、勧誘員じゃないんです」

音絵は彼を見た。どこか懐かしさを感じさせる眼差しが、まっすぐ音絵に向けられている。

「ただ、ありがとうが言いたくて」

「え？」

言葉の意味がわからない。音絵は彼を見つめた。見つめると、目が離せなくなった。

「あなたはいつも優しくしてくれた。僕、ここに来るのが毎日楽しみだった。本当はもっと一緒にいたかったんだけど、やっぱりそれはできないから」

「……何を言っているの」

混乱と同時に、何か不思議な力のようなものを肌に感じて、音絵の声は震えた。彼の翠がかった瞳が、瞬きもせず音絵に向けられている。

「あなた……」

「ありがとう。あなたと過ごした夜は、本当に幸福だった」

彼が笑っている。穏やかに、緩やかに。音絵がいつも感じていたある温もりと同じ種類のものがゆるゆると心に流れ込んで来る。

その時、不意に彼の輪郭がぼやけ始めた。周りの空気に溶けてゆくように、少しずつ希薄になってゆく。

「もう行かなくちゃ」

彼が言った。その姿が急速に曖昧になってゆく。

「待って」

音絵は思わず裸足で玄関先に下り、手を伸ばした。けれども彼の身体は指先に何の手応えもない。

「待って、行かないで」

音絵の目に熱く涙が膨らんだ。

「行くなら、私も連れていって」

空気と混じり合い、今、ひとつの気配に姿を変えてゆこうとしている彼は、その翠の瞳の色を深めた。

「まだ、あなたは生きなくちゃいけない」

「いやよ。私なんか、初めからこの世にいないも同じなの」

「違うよ」

「お願い、行かないで」

「僕が見てる。僕がずっとあなたを見てるから。だから……」

「行かないで」

「だから……」

もう、彼の姿はない。何も見えない。それでも音絵は裸足で玄関に立ち尽くし、空間に目を凝らした。

行かないで、そう呟きながら、もう行けない自分を音絵は感じている。涙が溢れた。かすかな鈴の音だけが、音絵の耳に残っている。

嗤う手

雨は、夕方には霙《みぞれ》に変わった。

私は椅子に座り、鏡に映る自分の背後を陰鬱に縁取る暮夜《ぼや》の様子を眺めていた。霙は外に漏れる店の明かりを受けて、時折、輝く。まるで闇という巨大な魚から振り落とされる鱗のようだ。

もう客は来ないだろう。美容室も天候に影響される。ましてや、椅子が三つ、シャンプー台がひとつしかないこんな小さな店では、普段でも昼頃に近所の主婦がぽつぽつとやって来るぐらいだった。以前はもう少し繁盛していた。近くのアパートに住む水商売関係の女性も数人定期的に来てくれていた。

半年ほど前、三百メートルほど先の大通りに新しい美容室が開店した時から、客足はめっきり途絶えるようになっていた。大手のチェーン店であるその店は、広くて小綺麗で、技術的なことはさておき、何より安い。パーマもカットもヘアダイもうちの半値近くだった。それに対抗できるような経営などできるはずもなかった。

今は五時半を少し回ったところだ。営業時間は七時までだが、どうせ誰も来ることはないだろう。閉めてしまおうかと考えていた。

その客が現われたのは、ちょうどそんな時だった。

「いいかしら」

霙でグレーのセーターの肩先が濡れていた。顔色がひどく悪いのは、寒さのせいばかりではないのかもしれない。初めての客だった。

「どうぞ」

私は慌てて立ち上がり、客をカット台へと招いた。客はドアの向こうで傘を一振りし、傘立てに突っ込んだ。それでも雫が点々と散り、床に黒いシミを作った。

「どうなさいますか」

「カットとパーマ。ひどく傷んじゃってるけど」

「シャンプーは？」

「してちょうだい」

「じゃあ、こちらに」

私は客をシャンプー台に座らせた。首にタオルをかけ、ナイロンのカバーをつける。確かに髪は傷んでいた。肩を覆うほどの長さだが、パーマとヘアダイを繰り返したせいだろう、枝毛はもちろん、髪全体が潤いを失い、すっかりパサついている。

三十はとうに越えているだろうと思ったが、もしかしたら、私より二つ三つ下かもしれない、と感じたのはシャンプー台で客の髪を束ねた時だった。顔は化粧に荒れ、積もった疲れを体臭のように滲ませていたが、耳元からうなじにかけては、思いがけず白く滑らかな肌が続いていた。

シャワー栓をひねり、お湯の温度をみる。額の生え際からかける。髪はぺたりと頭の形のままに張りつく。

「温度、よろしいですか？」

こう聞いて、文句を言われたことはほとんどない。客も小さく顎を引いて、満足していることを伝えた。

シャンプーを泡立てる。左手でしっかりと客の頭を抱える。重みが左手にあるほどかかる。客は無防備に頭を委ねている。時々、その安堵の根拠を考えてしまう。もしここで手を滑らせば、首の骨が折れることもあるだろうに。

その時ふと、奥で玄関戸の閉まる音がした。私は指先を動かしながら、耳をそばだてた。夫がまた飲みに出掛けたのである。この時間になると、夫はこうして飲みに出てゆく。ここ二年ばかり、毎日のことだった。

今日もまた、食器棚の中にある財布は札だけ抜かれ、空になっているだろう。それがわかっているから、財布には多くを入れておかない。けれどまったくなければ、夫は部屋をかき回してでも探す。そのために五千円ほどだけは入れておく。最近、私の財布はコインが多くなった。千円ならなるべく五百円玉をふたつ。そうすれば、夫に持ち出されることはない。

シャンプーが終わり、客を再びカット台に案内した。

「長さはどうしましょうか」

「そうね」

客と鏡の中で会話する。右と左がすべて逆になっていながら、それを少しも不自然に見せない鏡の中は、誰もがとびきりの嘘つきの顔をしている。

「仕上がりが、耳の下、これくらい」

と、客が右手をカバーの下から出した時、彼女が白い手袋をしているのに気がついた。まだ手袋をするほどの寒さではない。だいいち、こういう時にしているのもおかしい。客は私の疑問にすぐに気付いたようだった。

「ああ、これね」

「いえ」

「ちょっと、おできがね」

「そうなんですか。パーマはどんな感じにしましょう」

「あまり強くしないで。ふんわりする程度」

「じゃあ五センチほど切りますね。パーマをかけてから様子をみましょう」

鋏を手にして、私は髪を切り始めた。しゃりしゃりと音をたて、湿った髪が小さな束になって落ちてゆく。鏡に映る窓の外は闇を張りつけたように暗い。

夫は今夜も泥酔して帰って来るだろう。濁った目とすえた息を吐き出しながら。いや、むしろその方がいい。生半可な飲み方をした夜、夫は私を殴る。酔いにさえ見放された苛立ちが、私へと集約される。寝ている私を起こし、回らぬ呂律《ろれつ》で怒りをぶつける。平手から拳へ、そして蹴りへと狂暴さは加速されてゆく。もう夫自身にも止められない。私は身体を丸め、お腹と顔を守り、夫が疲れ果てるのを待つしかない。泥酔なら、その字の通り、泥のように眠るだけだ。

「こちらにはずっと？」

私は手を動かしながら尋ねた。客は渡した週刊誌を開くことなく、鏡に映る私の動きを眺めている。こういう時は、会話をしたがっていると決まっていた。

「いいえ、最近越して来たばかり。すぐ先のあけぼのコーポ」

「そうですか」

「前は北区の方にいたの。その前は蒲田、その前は川崎、その前は……忘れたわ」

案の定、客は待っていたかのように話し始めた。

「引っ越し、お好きなんですね」

「まあね」

私が引っ越しをしたのは一度だけだ。美容学校を卒業して、国立にある大きな美容室で働いていた頃は、自宅から通っていた。夫と知り合ったのは二十三歳の時で、私はすぐに五歳上の彼との恋に夢中になった。夫はアルバイトをしながら、将来、小説家になる夢を持っていた。一年ほど付き合った頃、幸運にも大きな出版社が主催する新人賞に入賞した。あの時の夫の狂喜をよく覚えている。もちろん、私も同じだった。私たちはもう一時も離れがたく、結婚した。夫は私のために、賞金で美容室がついているこの家を捜し出し、借りた。小さい店だが、私は二十四歳の若さで独立することができたわけだ。誰もに幸運を羨《うらや》ましがられた。私は幸福だった。気が狂いそうなくらい幸福だった。

カットを終えて、パーマの準備を始めた。太めのロッドとパーマ液、シートに輪ゴム、それらが乗ったワゴンを引っ張って来る。髪を小分けにしてロッドに巻いてゆく。

夫が賞を取って出版された小説は結構話題になった。期待の新鋭現わる、などとの評も載った。しかし二冊目はまったく売れず、評論家たちからは酷評された。三冊目は無視され、本屋にもろくに並ばなかった。次の原稿はどこの出版社も相手にしてくれなかった。その次は書きかけのまま放り出された。夫は書く代わりに、酒を飲み始めた。働く代わりに、殴り始めた。受賞の知らせを聞いたあの日から、すでに五年が過ぎていた。

客が鏡に向かってため息をついた。

「美容室の鏡って残酷ね」

「え？」

私は手を止めて、鏡の中の客と目を合わせた。

「容赦なく顔を剝出《むきだ》しにしてしまうのだもの。私、いつのまにこんなおばあさんになっちゃったのかしら」

私はただ笑う。こんな時、客を満足させられる答えはない。

「私、何に見える？」

「職業ですか？」

「そう」

「普通の奥さんに見えますけど、違うんですか？」

もちろん、そんなことは考えていなかった。髪の傷み方、肌の荒れ方、何より、身体に滲《にじ》ませてる疲れから、まともな職業でないことは一目瞭然だった。

「まさか」

客はそれでも満更でもなさそうに笑った。

「仕事もいろいろやったわ。引っ越し以上にね。店員からウェイトレスからホステス、その先のヤバイのもね」

美容室はぽっかりとあいた深い穴だ。誰もがここに来ると「王様の耳はロバの耳」と言いたくなる。

「でもね、私だって昔からこうじゃなかったのよ。ちゃんとした家のちゃんとした娘だった。高校は中退してしまったけれど、大学にだって行こうと思えば行けたのよ」

私は手を動かしながら、黙って客の話を聞いた。何故、人は美容室に来ると告白をしたくなるのだろう。まるでギロチンの前に立たされた囚人が懺悔《ざんげ》をするみたいだ。もちろん告白が真実であるとは限らない。そこにはたくさんの演出がちりばめられている。ある時は華やかに、ある時はドラマチックに。時に、悲惨に。客はここで人生を好き勝手に組み立てる。けれども、私はそういったまやかしを聞くのは嫌いではなかった。

外では霙が降り続いている。客は誰も来ない。夜はゆるゆると深まってゆく。何もかも、饒舌《じょうぜつ》にはお似合いだった。

狂い始めたのは十四歳の時よ。

母親が再婚したの。父は四年前に死んでいて、たぶんこれからあたしにお金がかかることが不安だったんだと思う。母自身、働くのにも疲れてたしね。義父は母より三つばかり年上で、建築の仕事をしているせいか、ごつくて岩のような印象の男だった。

あたしは最初から好きになれなかった。お金は持っていたけれど、どこか卑しい感じがしたから。そして、それは的中したわ。義父はあたしに手を出したの。

まだセックスが何なのかも、よく知らない頃だった。夕方、家に帰ったら義父がひとりでお酒を飲んでたの。夏の暑い日だった。母は町内の婦人会の集まりだとかで、いなくてね。義父はあたしに隣りに座るように言い、ビールをつがせた。あたしは義父が嫌いだったけれど、それと同じだけ怖かった。だから言われるままに隣りに座って、ビールをついだ。

義父はもう大分飲んでいたらしくて、目の周りが爛《ただ》れたみたいに赤黒く染まっていたわ。汗にアルコールが混じって、獰猛な匂いがした。あたしは、宿題があるから、と言って立ち上がったの。その時、義父があたしの足首を摑んだ。熱くて湿った手よ。それがすべての始まりだった。

その日を境に、義父は母の目を盗んで、あたしにさまざまなことをするようになった。母に言ったのは、そんなことが一年も続いてからだった。それまで言えなかったのは、義父が怖かっただけじゃない。言えば、すべてが壊れることがわかっていたから。母が今の生活に満足してるのはわかってた。

言った時、驚いたわ。驚いたのは母じゃない。もちろん母も驚いたけど、私はもっと驚いた。母があたしに言ったのは「我慢して」という言葉だったから。実の娘が、自分の夫にひどいことされて、我慢しろだなんてよく言えたもんだわ。母はどんなことがあっても、今の生活を手放したくなかったのよ。私を見殺しにしても。

あたしは家に帰らなくなった。学校が終わると、繁華街をうろついた。色々と友達もできたわ。もちろん、ロクでもない友達がね。学校にも行かなくなった。やがてあたしは同じように町をうろついていたチンピラと一緒に暮らし始めたの。

セックスで感じたことなんて一度もないわ。でも幸福だった。頭なんか空っぽの男だったけど、手のひらが湿ってるようなことはなかったから。

高校は中退して、あたしは喫茶店でウェイトレスをやるようになったわ。それなりに悪くない生活だった。そこに、現われたの。ええ、そうよ、義父が。男がいない時にアパートにやって来て、前と同じことを私にしたわ。あの湿った手で、あたしの身体を隅から隅まで汚していった。あたしは義父を憎んだわ。吐きそうになるくらい憎んだ。

そんな時よ、手のひらにぽつんと湿疹《しっしん》のようなものができたのは。

電話の相手はこの家の管理会社からだった。

「家賃のお振込みがまだのようですが」

と、年若い事務員が機械的な口調で言い、私の返事を待った。

「ああ、すみません。忘れてました」

私は、今気がついたように答えた。もちろん、ずっと気になってた。先月も、先々月も、同じ連絡を受けていた。

「明日中には振込んでおきますから」

「では、よろしくお願いします」

若い女事務員は語尾を押さえ付けるように強く言い、電話を切った。

この店を畳んで、外の美容室に働きに出た方が収入はよくなるだろう。新しい技術からは離れてしまったが、少し学べばすぐに習得できる。国立の美容室にいた頃はオーナーにかなり信頼されていた。私を指名する客も何人かいた。まだまだやれる。大丈夫だ。

私は遅い夕食をひとりで食べながらぼんやりと考えた。

そうすれば、この借家も必要ない。もっと家賃の安いアパートに引っ越そう。安定した収入さえ確保できれば、生活は楽になる。

けれども収入が増えて、それでどうなるのだろう。夫が持ち出す金額が大きくなるだけではないのか。夫と一緒にいる限り、外に仕事に出ようと、家を越そうと、結局は同じことではないのか。

あたしは逃げた。

でも、どこに行っても、義父は現われたわ。おまえは絶対に逃げられない、その言葉は脅しだけには聞こえなかった。あたしは義父に身体をまさぐられながら、自分の運命を呪《のろ》うしかなかったの。

手のひらにできたものは、最初は赤紫の小豆《あずき》のような湿疹だった。でも、だんだんおできと呼べるほどのものになった。一週間もすると、まともに手を握れないくらい大きくなったわ。手のひら全体が赤紫に盛り上がり、真ん中に膿がたまっているらしく、押すとぐしゅぐしゅとした弾力があって、痛くはないのだけれど、何だか違う生きものがくっついているみたいだった。そうね、大きなヒルにぺったりと張りつかれているような感じかしら。保険証がなかったから、医者に行きづらかったのだけど、放っておくのも怖かったから行ってみたわ。診断は簡単だった。傷から黴菌《ばいきん》が入って化膿してるって。切開して膿を出しましょうって言われて、その通りにしたの。何ヵ所か切ったみたい。後は抗生物質をもらって家に帰ったわ。その夜、手のひらが熱くて、心臓がそこにあるみたいにとくんとくんと脈打ってた。

翌日、包帯を取ってびっくりした。だって、すごく醜い傷になってたから。医者がメスを入れた所が、何だか人の顔のように見えるのよ。小さい傷がふたつで目、大きい傷がひとつで口。あたしは薬を塗って、急いで包帯を巻いたわ。じっと見てると、その顔が動きだしてしまいそうな気がしたの。

今までに、何度か家を出たことがある。実家に戻ったり、友人の家に身を寄せたりした。時にはホテルに泊まり込んだ。夫はそのたび、私を執拗《しつよう》に捜し出した。その執着とエネルギーは、恐怖を通り越し、恍惚《こうこつ》さえ覚える時があった。

お酒さえ飲まなければ、などという人生相談で繰り返されているセリフを、私は今さら口にする気はない。酒を飲まない夫など、私はもう思い出せない。

真夜中、夫が帰って来た。階段を登る足音が乱れている。今夜、夫は満足するほどに飲んで来ただろうか。手足を動かす力さえ残らぬほどに酔い痴《し》れているだろうか。私は布団の中で身体を硬くした。

障子が開いた。廊下の明かりがさっくりと闇を切って差し込んでくる。夫は私の枕元に座り込んだ。

「おい」

私はゆっくり息を吐く。足りない酔いを、今夜も私ではらすのだ。


本当に動きだしたの。

ええ、その傷が。自分でも信じられなかったわ。最初、声が聞こえた。キキッて鳥が啼《な》くような不気味な声よ。それが包帯の下からだってわかった時、ゾッとしたわ。あたしは包帯を解いた。すると、手のひらいっぱいに顔があったの。ぶよぶよに腫れて、紫がかった肉色をしていた。醜い顔よ。ええ、確かに顔なの。だって傷がぱっくり開いて、あたしを見たもの。あたしを見て、キキッて嗤《わら》ったの。

おぞましい笑い声だった。あたしは怖さのあまり、台所から包丁を持って来たわ。そして、それを手のひらの顔に突き立てたの。だらだらとたくさんの血と膿が流れたわ。その時は、顔は崩れた。でも、翌日にはもっと醜い顔になってた。そして、怯えるあたしを嗤ったわ。嘲るように、キキッてね。

夫は私を見ない。私と口をきかない。私を抱かない。私たちが何らかの形でお互いの存在を確認するのは、もしかしたら夫が暴力をふるう時だけなのかもしれない。

二年ほど前に一度妊娠したことがある。四ヵ月に入る少し前に流産した。身体の奥から熱い固まりが流れて行った時、私はその代わりに、何か別のものを宿してしまったように思う。身体の中で確実に膨らんでゆくのを感じる。それはゆっくりと臨月に向かっている。けれども、それが何かはわからない。

手のひらの顔は、だんだんと意志を持つようになったわ。あたしの身体を寄生木《やどりぎ》にして、いつかあたし自身を支配し始めていた。

最初の要求は食べ物だった。顔はあたしにそれを与えるように言ったわ。声は相変わらず鳥を絞め殺したようにキキッと発するだけ。でも、あたしにはわかるの。直接、あたしの身体の中を伝わって来るの。

顔は肉を欲しがった。あたしはスーパーに行って肉を買ったわ。それを顔はむさぼるように食べた。人が見たら、単に私が肉を鷲掴《わしづか》みにしてるように思ったでしょうね。でも、あたしの手の中で肉は確実に消えてゆくの。

肉を食べて満足すると、顔はしばらくおとなしくなるの。包帯と手袋ははずせなかったけど、その時はおとなしくしてくれるから、バイトは何とか続けられた。

同棲していた男にはもちろん内緒にしてた。前のチンピラとは違う男よ。まあ、さして違いはないけどね。その男、あたしの様子がだんだん変になるのを不気味に思っていたみたい。ある日、アパートに帰ったらいなくなってた。出て行ったのよ。たぶん、それだけじゃなくて、他に女ができたんだろうけど。

顔の要求は少しずつ激しいものになったわ。スーパーで買って来るような肉じゃ満足しなくなったの。そう、生きているものを欲しがるようになったのよ。あたしは探して来たわ。最初はペットショップに行って金魚とか鼠とかを買って来たの。でもお金が続かなくて、猫や犬を捕まえるようになった。もちろんイヤだったわ。でも、そうしないとキキッキキッて啼きやまないの。

それらをどう食べるのか、あたしは覚えていない。見ていないと言った方がいいかもしれない。その時、あたしの意識は手のひらの顔に操られていて、ほとんど記憶がないの。でも、わずかに感触は残ってる。肉を食い千切る時に、歯茎に伝わる弾力とか、血の匂いとか。動物たちは抵抗したんだと思うわ。気がつくと、腕のあちこちに引っ掻き傷がついていたから。骨も血も、顔はみんな食べたわ。後には何も残らない。そうね、床にいくらか毛が散らばってるぐらい。

私は鏡に映る自分の顔を、知らない誰かと思おうとした。

昨夜の夫の暴力はいちだんと激しく、いつもは何とか免れる顔を何度も打たれた。ちくしょう、ちくしょう、と夫は呟きながら、私に馬乗りになり、両手を振り下ろした。

朝、起きると目は腫れ上がり、周囲が青黒く変色していた。口の中も切れて、うまく呂律が回らないほどだった。こんな顔で店は開けられない。稼げない。そうすれば飲めない。夫もそれはわかっているはずだ。だからこそ、どんなに狂暴になっても、今まではどこかでちゃんと顔を避けて殴っていた。

それは夫の塵《ちり》のような良心だったかもしれない。けれど、その塵さえ、夫にはもうなくなってしまった。

顔が次に何を求めているか、あたしにはわかっていたわ。

人間よ。

そう、人間を欲しがってる。

怖かった。とても。けれど、あたしにはもうその欲求を抑えつける力はなかった。立場は逆転してたわ。そうなの、いつのまにか、あたしはすっかり手のひらの顔に支配されていたのよ。

義父が現われたのはそんな時だった。

あたしが男に逃げられたことを知って、笑ったわ。あの下卑た笑いよ。もうおまえには自分しかいない、そう言って、義父はあたしに覆いかぶさった。セーターをたくし上げて、おっぱいを剝出しにして、痛くなるくらい吸い付いた。抵抗？　そんなもの、とうに諦めていたわ。どこに逃げても、この男は必ずやって来る。やって来て、あたしを汚してゆく。それはこの男が死ぬまで続く。


店は三日閉めた。

定休日以外に閉めれば、客の信用をなくすことはわかっていた。美容室は、行きたいと思った時に、どうしても行きたくなるものだ。決めていた店が休みなら、他の店に行ってでも、だ。これで数少ない客をまた逃してしまうことになる。それでも、このひどい顔を客にさらけだすわけにはいかなかった。

夫にはもう、どこを探しても、私が愛した夫の欠片《かけら》さえ見いだすことはできなかった。この五年、人が駄目になることの簡単さを、私は呆気《あっけ》にとられながら見つめて来た。

私は閉めた店の中で三日を過ごした。鋏を手入れし、剃刀《かみそり》を研ぎ、ブラシに絡んだ髪を取り、たまったタオルを洗濯した。鏡のくもりを取り、床にモップをかけ、シャンプー台の汚れを落とした。

暗闇が窓に張りつく頃、奥で人の動く気配がした。そろそろ時間だった。夫が墓から這い出した死人のように、今夜もまた、夜に吸い込まれてゆく。

その時、手のひらがキキッと啼いたの。

何をしたいのかすぐにわかった。義父は自分のしたいことを終えると、苔《こけ》むした岩みたいに眠ってた。あたしは手袋をはずした。その時から、あたしはもうあたしではなくなっていた。手のひらの顔にすべて指示された。あたしはぼんやりとした意識の中で、脱がされたストッキングを摑んで、片方をコタツの足にくくり、男の首をひと巻きして、もう片方をしっかりと握った。それから男に背を向けて、腰を下ろし、重い荷物を背負うように一気に引っ張った。男はバタバタと足を床に打ち付けたわ。すごい力だった。ストッキングがちぎれてしまうかと思うくらい。それでも決して離さなかった。男が静かになっても、長いこと、引っ張り続けたわ。

さすがに男をひとり食べるのは大変だった。だから風呂場で食べやすいように切り刻んだの。手と足と胴体をバラバラにして、関節ごとに切って、それをもっと小さく刻んで。顔は満足そうに食べたわ。少しずつ少しずつ、でも着々と。ひと月くらいかかったかしら、全部食べ終わるのに。残りは冷蔵庫に入れて少しずつ食べたの。

そして、あの男はいなくなった。

「ふふ」

あの時、客は鏡の中で含むように笑った。

「面白かった？」

客は鏡に映る自分に満足げに頷くと、私にほほ笑んだ。

「ええ、とっても」

笑みを返しながら、私は料金を受け取った。白い手袋をつけたその手から。

玄関のドアを開けると、客はうんざりしたように空を見上げた。

「いやね、まだやまないわ」

「お気を付けて」

「ありがとう」

そして、暗闇に溶け込むように帰って行った。

＊

三ヵ月後、あの客は変死体で発見された。あけぼのコーポの自室だった。

殺人事件かと、一時、近所は浮き足立ったように騒がしかったが、持病の肝臓が悪化しての病死と判明した。

私は今日、店に来た最初の客からその話を聞いた。あけぼのコーポのすぐ近所にある八百屋の女主人だ。

「ほんと、びっくりしちゃったわよ。パトカーがわんわんやって来るんだもの」

「大変でしたね」

私は鏡の中で愛想のよい笑顔を向ける。

「まだ、二十七歳だったんですって。それにしちゃ、疲れ切った顔をしてたわよね。うちにも時々買物に来てたけど、てっきり三十は過ぎてると思ってたわ。まあ肝臓だから、顔色が悪いのは黄疸《おうだん》だったのかもしれないわね」

女主人は、白髪染めをしに来たのだ。私は自分の手が染まらないよう、ナイロンの手袋をして、二センチほど伸びて白くなった女主人の髪の根元に液を塗った。

「まだ若いのに、かわいそうに」

「あの人、前に一度うちに来たことがあるんですよ」

「じゃあ、右手に手袋をしていたのも知ってる？」

「ええ」

「変だったわよね、あれ。絶対はずさなかったもの。それもみんなの噂になったわ。あの手袋の下に何があったんだろうって」

「それで？」

私は手を止め、八百屋の女主人と鏡の中で目を合わせた。

「それがさあ、何にもなかったんですって」

「何にも？」

「そうなの。傷ひとつない、普通の手だったんですって。それ聞いて拍子抜けしちゃったわ。

だったら、いったい何のためにあんなものしてたのかしらね」

私は染めを終えて、女主人の頭をラップで包んだ。五分ほどそのままにして、液を髪によく浸透させるのだ。女主人は女性週刊誌を読み始めた。

あの白い手袋の下に何もなかった、などということはどうでもよかった。あの話がみんな作り事であった、としても構わなかった。

確かに、それは存在する。

私はシャンプー台に行き、ナイロンの手袋を取った。その下にはもう一枚の手袋がある。端をそっとめくった。

その時、キキッと啼き声が聞こえた。

私は軽い眩暈《めまい》を覚えた。

私の右の手のひらが、飢えた叫びをもらしている。

降りやまぬ

針の通りが悪くなったような気がして、窓に顔を向けると、やはり雨が降っていた。

澤子は手を伸ばし、レースのカーテンを引いた。上半分が透明になっているベランダのガラスサッシに、いくつもの雨の粒がついている。それは凸レンズの役割をしていて、よく見ると、その膨らみひとつひとつの中に背後の景色が丸く映しだされていた。澤子は床に手をつき、顔を近付けた。雫の中で風景は窮屈そうに凝縮されていた。

澤子は姿勢を戻し、再び針を動かし始めた。膝の上には大きなキルトのベッドカバーが広がっている。始めたのはひと月ほど前からだが、かなり手の込んだデザインなので、完成までには下手をしたら一年ぐらいかかってしまうかもしれない。

表布、裏打ち布、キルト綿を合わせて、針を刺してゆく。澤子が選んだのはトラプントという方法で、キルティングした後に、裏打ち布に切り込みを入れ、綿や毛糸などを詰め込んでより立体的な模様を作ってゆくものだった。

キルティングは小さい時から続けていた。もとは母に教わった。母はとても手先の器用な人で、キルティングの他にも、編み物や洋裁や和裁などをこなし、暇さえあると針を動かしていた。そういう時、母はこの上もなく幸福そうな顔をしていた。

「幸福っていうのはね、平穏無事ってことなの。わかる？　それは何も起こらないということよ。何も起こらなくて、ご飯が食べられて、住む家があって、服が着られるの。だから、他人より目立とうとか違う人生を生きたいなんて考えないの。人はね、生まれた時にどんな生き方をするのかってもう決まってるのよ。澤子ももう決まってるの。あなたに似合いの生き方が」

小さい時から、母の言うことはいつも正しかった。歩いてはいけない、と言われた所を歩くと必ず転んで怪我をした。傘を持ってゆきなさい、と言われるのを知らんぷりすると必ず降られた。

「お母さんの言った通りでしょう」

母はそんな澤子にいつも嫣然《えんぜん》と笑ってみせた。縫い物をすることは母にとって自分の生き方を肯定する行為だった。そして、いつかそれは澤子にとっても同じになっていた。

チャイムの音に、玄関を開けると雨の匂いが流れ込んで来た。春の雨特有のその芳醇な香りに澤子は一瞬、むせそうになった。

「こんにちは。お久しぶりです」

そう言って、ショートカットの髪を濡らした女性が小さく頭を下げた。いや女性と呼ぶにはまだ幼さが残っている。せいぜい二十歳といったところだろうか。

人懐《ひとなつ》っこい笑顔を向けている彼女に、澤子は面食らっていた。誰だったろう。思い出せない。

「あの、どちらさまかしら」

彼女は肩をすくめた。

「先生、私です。いやだ、やっぱり忘れちゃってる」

記憶が過去を辿り始める。ささやかな怖れのようなものを伴いながら十年前が甦って来た。

「カオルちゃん？」

「ええ」

笑うと、右頬に笑くぼが浮かんだ。確かにカオルだった。十年前、澤子が学生時代に家庭教師をしていた女の子だ。あの時は確か九歳だった。だとしたら今は十九歳。少女の成長は十年という歳月だけでは計れないほど、大人になっていた。

「どうしてここが」

「先生の家に電話しておばさんに聞いたの。私、あれからずっと母の実家で暮らしてたんだけど、今年からこっちの大学に通うようになって。それで、一度、会いたくて連絡を取ったら、結婚したって」

「とにかく上がって」

澤子はカオルを招き入れた。

カオルの濡れた髪のために洗面所からタオルを持って来た。カオルは無造作に髪を拭き、顔を拭き、それを返した。タオルは少しも汚れていなかった。ファンデーションも口紅もつけていない。それでもこんなにも艶やかな肌をしている。そのことに何となく傷ついてしまう。あの頃は歳の差など考えたこともなかったが、カオルはちょうど澤子が家庭教師をしていた歳と同じになっていた。

「すっかり大きくなっちゃって。これじゃ道で会ってもわからないわね」

カオルは興味深そうに部屋の中を見回している。そのストレートな好奇心に、澤子は少し照れてしまう。

「先生、ダンナ様とは恋愛結婚？」

唐突に聞かれた。

「いやね、何を言ってるの」

「どっち？」

「見合いよ。座って、コーヒーをいれるわ」

澤子はキッチンに立ってお湯を沸かした。対面式のキッチンでは、居間のソファに座るカオルの姿が見える。カオルはキルトに手を伸ばした。

「何を作ってるの？」

「ベッドカバーよ」

「ふうん。先生、こういうことやるんだ」

ポットにコーヒーを入れ、それとカップをトレイにのせて、澤子は居間へと戻った。テーブルの上にカップを置くと、まだキルトを手にしているカオルに言った。

「あの時はごめんなさいね」

カオルが顔を向けた。

「何のこと？」

「急に家庭教師を辞めちゃったでしょう。そのこと、ずっと気になってたの」

「やだ、しょうがないじゃない。私の方だって急に父親が事故で死んで、何がなんだかわかんないまま、結局はお母さんの実家に引っ越すことになっちゃったんだもの。九州は遠いしね」

こぽこぽと丸い音をたてながら、コーヒーがカップに注がれる。柔らかい湯気が立ちのぼると、ふっとため息をつきたくなる。

「その時だって、何の相談にものってあげられなかったでしょう」

「全然気にしてないって。もともと、どうしようもない父親だったから、いてもいなくても私には同じことだったもの。後で聞いたら肝臓がもうイカれちゃってて、どっちみち長くはなかったんですって。ま、運命ってやつよ」

カオルは澤子がためらってしまうほど、あっけらかんと言った。あの頃は教えていてもどこかおどおどして、他人の目の色を窺うようなところがあった。やはり父親の影響があったのだろう。そんなカオルだったからこそ、同情と憐憫《れんびん》がないまぜになったような気持ちで、妹のように可愛がっていた。

カオルの父親は自堕落な男だった。時折、顔を合わせることがあったが、いつも酒の匂いをさせ、だらしなく口元を開いて笑っていた。大して働きもせず、パチンコや競馬に明け暮れていた。当然のことながら、カオルの家は経済的に苦しいようだったが、父親に諦めていた母親はせめて娘だけにはと望みをかけて、働きに出ながら澤子を家庭教師に雇ったのだった。

父親が死んだ日も、今日と同じように雨が降っていた。酔っ払った挙げ句、土手から川に落ちたという。

「ねえ、お夕飯、食べてらっしゃいよ」

「いいの？」

「せっかく訪ねてくれたんだもの、もう少し話もしたいし。大したことはできないけど」

「ラッキー、ご馳走になっちゃおう。ちょっとダンナ様の顔も見たかったんだ」

七時過ぎに夫が帰って来た。夫は穏やかな人で、見知らぬ訪問客にも少しもイヤな顔はしなかった。もちろんそれが十九歳の女子大生ということもあるだろう。カオルは物怖じすることなく、夫に話し掛けた。時折、とてもきわどい質問が含まれていて、三十半ばを過ぎた夫の方がどぎまぎしていた。そんな夫を見ているのはそう悪い気分ではなかった。その日、カオルは遅くまで澤子の家で話し込んだ。


夫と結婚したのは三年前、二十六歳の時だ。

澤子は地元の大学を卒業すると、そのまま地元の企業に就職した。ずっと家から通っていた。朝は母の作ったお弁当を持って家を出た。月に三万ほど入れていたが、母は結婚のためにと定期積み立て預金にしていた。

　母の干渉はうるさくはなかったが、どこかしら圧力のようなものを感じていた。その反発心から、母の気に入りそうにない男と付き合ったことがある。大学の先輩だった。澤子は男に夢中になった。一度だけ家に連れて来たことがある。母は笑顔で彼を迎え入れ、それなりの対応をしてくれた。

　その男は女とお金にだらしなく、半年もすると本性が見えてしまった。澤子の方からいやになって別れた。

　そのことを母に告げると、いつものように縫い物をしながら、

「あなたにふさわしい相手じゃなかったのよ」

と呟いた。その声がひどく優しかった。

　縁談を持って来たのは母だった。

「この人なら間違いないわ。安心して澤子を任せられる」

　お見合い写真に写る男は少し緊張気味に笑顔を浮かべていた。母の確信に満ちた言葉は澤子に強い安心感を与えていた。実際会ってみると、清潔感があり、いかにも母が気に入りそうなタイプだった。どんな飲み物も決して音をたてずに飲む姿は、高山で草をはんでいる山羊《やぎ》を連想させた。悪くないと思った。

　三回目のデートでプロポーズされた。ふた月後には結納を交わした。その三月後に式を挙げた。母の言っていたことは正しかった。間違いはなかった。澤子は幸福だった。何も起こらず、ご飯が食べられ、住む家があり、服が着られた。朝は七時少し前に起きて朝食を作り、

夫を送り出してから掃除と洗濯をし、テレビを見て、キルトを作った。夕方には近所のスーパーに出掛け夕食の材料を買った。ゴミ出しや買物の途中で、顔見知りの近所の奥さんたちと立ち話をするのが日課だった。そろそろ子供を、というプレッシャーが周りからないでもなかったが、まだ強烈なものではない。さしあたっての心配事と言えば、洗濯機の調子が悪くて、直しに出すか買い替えるかということくらいだった。

それから三ヵ月ばかりが過ぎた。カオルは決まって水曜の夜に訪れるようになっていた。なぜ水曜なのかというと、カオルが住んでいる寮のその日の夕食はカレーに決まっていて、それもとびきりまずいカレーだからと言った。

「どうやったらあんなまずいのが作れるのか不思議。だから水曜日の寮はからっぽなの。みんな外で済ましてきちゃうから」

お箸が三膳、茶碗を三個、お皿も三枚。水曜日は当たり前のように澤子も用意するようになっていた。

「それにしても、大学って思ってたよりずっとつまんない。一浪までして合格したのに何だかがっかりしちゃった」

キッチンで料理を手伝いながらカオルは小さく息を吐き出した。

「友達とかできないの？」

澤子は吸い物の最後にのせる三ツ葉の茎を結んだ。

「退屈な奴ばっかりよ。話していてもアクビが出て来そう。話すことと言ったら、ファッションと男の子のことしかないんだもの」

「そういうの、興味ないの？」

「ないわけじゃないわ。でも、それしかないっていうのは最悪」

その時、玄関のチャイムが鳴った。

「あ、ダンナ様のお帰りだ」

カオルははしゃいだ声を上げ、玄関に向かった。澤子は思わず苦笑してしまう。カオルが来ている時は、いつのまにか夫を出迎えるのは彼女の役目になっていた。

玄関から夫とカオルの声が聞こえる。だんだん近付いて来る。

「先生、ケーキだって」

カオルが小さな箱を手にキッチンに戻って来た。

「ただいま」

夫が居間に入り、キッチンに立つ澤子に向かって言う。

「おかえりなさい。食事、もう少しかかるけど、ビールでも飲んでてくれる？」

「ああ、そうしようか」

夫は着替えのために寝室に入ってゆく。カオルが冷蔵庫を開けて、ビールを取り出し、食器棚のグラスを手にして用意を始める。

ポロシャツにチノパンに着替えた夫が居間に戻って来ると、カオルはトレイにそれらをのせて運んで行った。

「はい、どうぞ。今日も一日お疲れさまでした」

少しおどけて言い、お酌をする。夫は苦笑しながらそれを受ける。キッチンの方から、澤子はそんな夫をからかうように声をかける。

「いいわね、奥さんがふたりいるみたいで」

「ほんとだなぁ」

夫ののんびりした声が返って来る。澤子はそういった夫の穏やかな反応の仕方を好ましく思っていた。若い女の子に対して露骨な興味を示したり、猥談《わいだん》めいた話でからかったりしない。そういった人の好さは澤子が望んでいる夫の姿そのものだった。

気がつくと、雨が降っていた。

そういえば朝の天気予報で午後遅くから降りだすと言っていた。それまでに洗濯物を取り込むつもりでいたのに、キルトを刺しているうちにすっかり忘れてしまった。澤子は急いでベランダに出た。

「先生！」

下の方から声が聞こえて、取り込む手を止めて見下ろすと、傘も持たず、雨に濡れるのも構わずに、マンション前の通りからカオルが手を振っているのが見えた。今日は水曜日だ。

「早く上がってらっしゃい」

洗濯物をとりあえずベッドの上に放り出し、玄関に向かった。ドアを開けて待っていると、雨に濡れたカオルがエレベーターから姿を現わした。

「ああ、びしょびしょ」

カオルはぶるぶると犬のように頭を振った。雨の粒が舞って、玄関の床に丸いシミを作った。

「タオル借りていい？」

「いいわよ、持って来てあげる」

「ううん、ある場所わかってるから」

カオルは洗面所に入った。まだ夕食を作り始めるには時間もあり、澤子はキルトを続けることにした。

「あーあ、せっかく朝ブローしたのに台無し」

洗面所からカオルの声が聞こえる。しばらくして、タオルを肩にかけたカオルが居間にやって来た。

「今日、雨が降るって天気予報で言ってたでしょう。傘、持って出ればよかったのに」

「だって、嫌いなんだもの」

「傘？」

「うん」

「そりゃあ、ちょっとは邪魔になるかもしれないけど」

「だから持ってないの」

「一本も？」

「そうよ」

「出る時に降ってたらどうするの？」

「濡れるのは平気」

「変な子ね。ブローが気になるくせに」

「飲み物、もらっていい？」

「冷蔵庫の中に入ってるの、好きなのを飲んで」

カオルはキッチンでウーロン茶をグラスに注ぎ、澤子の前に腰を下ろした。そして半分ほど出来上がったキルトの端を摑んで生地の感触を確かめるように指先で触った。

「そこだけ、父親に似たみたいなのよね」

「何が？」

「傘が嫌いってとこ。父親もどういうわけか傘が嫌いだったの。お母さんがどれだけ言っても持とうとしなかったんだって。面倒臭いとか、雨が降れば濡れりゃいいんだとか言って。それは私も同じ意見かな。父親だなんて思ったこと全然なかったけど、変なところが似ちゃったりするのね」

澤子は針を刺し続ける。花びらが重なる細かいデザインのところなので、慎重に進めた。

「それ知ってたから、あの時、不思議だったな」

「あの時？」

「土手から川に落ちて死んだ時よ」

「どういうこと？」

「傘を持ってたの。折畳みのホネが折れてくしゃくしゃになってたけど」

「痛っ」

澤子は指先を口に含んだ。

「大丈夫？」

カオルが覗き込む。

「やだわ、指を刺しちゃうなんて」

口から放すと、指先に小さく血が膨れあがった。

「絆創膏《ばんそうこう》持って来てあげる。どこ？」

「そのボードの左の引き出しに救急箱があるわ」

カオルは言われた通りに、そこから絆創膏をひとつ持ってきた。それを澤子の指先に巻き付けながら、独り言のように尋ねた。

「ねえ、先生」

「ええ」

「先生、本当にキルトって好きなの？」

「ええ、好きよ。小さい時から続いてる趣味ってこれだけよ」

「だったら、いつもどうしてそんな恐い顔でするの？」

「恐い顔？　私が？」

「まるで憎んでるみたい」


水曜の夜、夫は澤子を抱く。

カオルが帰った後も、何となく華やいだ雰囲気が残り、それはそのままベッドまで持ち込まれることが多かった。結婚して三年。夫の手が澤子に伸びる頻度が減ってゆくのが少し気になっていた。けれど、そろそろ子供も欲しい。これで授かることがあればカオルに感謝しなければならない。


「今夜は残業なんですって。だから食事は私とカオルちゃんのふたりね」

いつものように水曜日の夕方に顔を出したカオルに澤子は言った。今朝、出掛けに夫はそう言って出て行ったのだった。

「何だ、でも、うん、その方が気楽」

カオルはホッとしたようにソファに腰を下ろした。

「あら、やっぱり気を遣ってたの？」

「別に、気を遣うってほどじゃないけど、やっぱりほら、先生のダンナ様なわけだから、嫌われるとここにも遊びに来にくくなるだろうし、つい素直で可愛いカオルちゃんを演じてしまったりするわけ」

澤子は笑ってしまう。カオルのそういった飾り気のない物言いが愛らしかった。

「ね、今日はお寿司でもとっちゃおうか」

ソファでカオルが拍手する。

「わぁ、賛成賛成、大賛成」


夫が帰宅した頃には、もうカオルは帰っていた。

「カオルちゃんね、あれであなたに気を遣ってるみたいよ」

寝室で夫の着替えを手伝いながら、澤子は言った。

「まさか」

「まさかってことはないでしょう。あの子、とても繊細なところもあるのよ」

「ふうん」

上着、ネクタイ、ワイシャツ、ズボン、靴下と夫は順番に脱ぎ捨ててゆく。それを澤子はクローゼットに収めたり、洗濯ものとして丸めたりする。

「前から少し気になってたんだけど」

「なに？」

「あんまり深くかかわり過ぎない方がいいかもしれないな」

澤子は顔を向けた。夫はもうパジャマに着替えている。

「どういう意味？」

「君の妹みたいな子だってことはわかってる。だから親切にするのはいい。けれど、どこかでけじめはつけておこう。カオルちゃんはいい子だけど、家族じゃない」

「…………」

「風呂に入るよ」

夫は寝室から出て行った。

夫がなぜ急にそんなことを言い出したのか理解できなかった。ずっとカオルの来訪を楽しんでいるとばかり思っていた。そう言えば、最近の夫は食事中にあまりカオルと口をきかなかったかもしれない。もともと口数の少ない人だから、気にとめてはいなかったが、以前と比べると、気軽に話しかけるようなことがなくなったような気がする。何か気に障るようなことをカオルがしたのだろうか。穏やかな夫がそこまで言うのは、かなり拒絶の意味が含まれていると思われた。そんな夫の態度の変わりぶりに澪子は戸惑った。

その夜、夫は澪子を抱かなかった。


水曜日に夫は残業を入れることが多くなり、夕食は澪子とカオルのふたりで済ますことが続いた。そのことについて、何も言わないカオルだったが、やはりどこかで察したのかもしれない。

「あのね、最近、寮母さんが替わったの。それで水曜日はあのひどいカレーを食べなくて済むようになったの」

そう言って、やがて顔を出さなくなった。

カオルが訪ねて来なくなっても、生活が変わるわけではなかった。澤子は静かに毎日を暮らした。

朝は七時少し前に起きて、夫のための朝食を作り、送り出してから洗濯と掃除をする。天気がよければベランダに布団を干す。その後はテレビに耳を貸しながら、キルトを作る。ベッドカバーはそろそろ完成だ。午後には夕食の買物に出掛ける。近所の顔見知りの奥さんと立ち話をする。幸福な何も起こらない一日が今日も、たぶん明日も過ぎてゆく。


「別れて欲しい」

そう夫から切りだされたのは、キッチンでコーヒーをいれている時だった。言葉の意味がわからず、澤子は聞き返した。

「今、何て言ったの？」

「別れて欲しいんだ」

コーヒーは最後までいれた。ゆっくりとした動作でふたつのカップに注ぎ、居間へと運んだ。夫はソファに座り、前屈みになって膝の上に肘《ひじ》を乗せ、指先を組んでいる。別に苦悩の表情を浮かべているわけではなく、いつものように穏やかな顔つきだった。

「豆を変えたの。気に入ってもらえたらいいけど」

「条件はすべてのむよ」

「洗濯機、直したけれどやっぱり調子が悪いの、買い替えてもいいかしら」

「君の好きにしたらいい」

言葉が途切れた。ふたりともコーヒーに手を伸ばさない。細く開けたベランダの窓から風が入り込んで来るのか、レースのカーテンがかすかに揺れている。風には雨の匂いがした。

「理由を聞かせて」

「違うと思った」

「何が？」

「こうして、君と僕が暮らしていること」

「それが理由？」

「ああ」

「裁判所では通らないわ」

「だろうな。しかし、君だって同じことを感じていたはずだ」

「私が？」

「ああ」

「何を根拠に」

「ただ、そう感じた」

「さめるわ、飲んで」

夫のためにいれたコーヒーだった。上質の豆が置いてあると評判の店までわざわざ足を伸ばして買いにいったのだった。そのコーヒーが、口をつけられることもなくさめて、ただの濁った水になってゆく。

「言わなかったが、僕はコーヒーがあまり好きじゃない」

澤子はカップを手にすると、夫に向かって投げ付けた。それは夫の胸の辺りに当たり、鈍い音をたててから、床に転がった。夫の白いポロシャツが茶色く染まっている。それは澤子が何度も洗って何度も干したポロシャツだった。


カオルに会いに出掛けた日も、雨が降っていた。いや、目覚めた時、鈍く垂れ籠めた雲から嗚咽《おえつ》のように雨が落ちているのを見た時、会いに行くことを決めたのだった。

寮に電話をして、カオルの都合のいい時間を聞いた。カオルはまるでこの電話を予期していたかのように落ち着いていた。

会ったのは大学からも寮からも、澤子のマンションからも離れた駅にある喫茶店だった。やはりカオルは傘を持ってなく、喫茶店に飛び込んで来た時、肩が濡れてブラウスから下着がうっすらと透けて見えた。

「久しぶりね」

何だかとても懐かしい気分がして、ここにカオルを呼び出した理由も忘れ、つい笑顔を向けた。カオルもまた笑顔を返して来た。

ふたりは向かい合って紅茶を飲んだ。しばらく言葉が出なかった。ガラス窓の向こうの雨に歪んだ風景の中で、人が足早に通りすぎ、車が走り去ってゆく。

「いつからだったの？」

カオルはそう尋ねられるのを待っていたかのように、むしろほっとした口調で答えた。

「先生のお宅に初めて伺って、それから三ヵ月ぐらいだったかな。偶然、町で会ったの。私はコンパの帰りで、あの人は接待の帰り。ふたりとも酔ってて、もう少し飲もうかってことになって。でも、その時はどうってことなかった。ただ、約束もしなかったのに、あの人も私も、先生には会ったこと内緒にしたの。それから、かな」

あの人、とカオルはそう夫を呼んでいる。それは自分しか使えない呼称だと思っていた。

「別れて欲しいって言われたわ」

「私、そんなこと望んでないのに」

「夫と結婚したいと思ってるわけじゃないのね」

「結婚できなくても構わないって思ってる」

澤子はカオルに気付かれないよう、深く息を吸い込んだ。

「まさかと思ったわ。今、こうして真実をあなたの口から聞いていても、まだ信じられない気持ちよ」

「こんなこと、私が言ってはいけないのかもしれないけど、私も同じ気分かな」

「ほんと」

「別れて欲しいの」

「……………」

「どんな要求でものむわ」

　カオルはゆっくりと紅茶を飲んだ。彼女は落ち着いていた。家庭教師をしていた頃の自分と同じ歳とは思えないほど、大人に見えた。

「先生」

「ええ」

「たとえ私のことがなかったとしても、先生たちはきっと離婚することになってたと思うの」

「どうして」

「ただ、そう思うの」

「夫も同じような言い方をしたわ。ふたりでそう言おうって決めたの？」

「まさか」

「曖昧な言い方はたくさんよ」

「たぶん、先生は間違えてるんだと思う」

「間違えてる？　何を？」

「先生自身を」

「何を言ってるの？」

「ごめんなさい。うまく言えない。でも、そうとしか言いようがなくて。あの、今日はもう帰っていいかな。今から講義があるの」

「そう」

カオルは席から立ち上がった。雨はさっきよりずっと強くなっていて、道路を叩いている。湿気でガラス窓が曇っていた。自分の気持ちが窓の向こうの景色と同じように、曖昧な輪郭に包まれているのを感じながら、澤子は言った。

「また、濡れちゃうわね」

「いいの」

「そう」

「先生」

「ええ」

「あの傘、先生のだったんでしょう」

「え……」

「お父さんが手にしていた傘」

澤子は窓からカオルへと視線を滑らした。カオルは立って、澤子を見下ろしている。

「帰りぎわ先生がバッグの中から出した折畳み傘でしょう。どうしてお父さんがそれを持っていたのか、わからなかった。わからなかったけど、どうでもいいと思った。だって本当に死んでくれてホッとしたんだもの」

澤子は黙っていた。

「さよなら」

カオルが店を出てゆく。雨に濡れるのも構わず、駅に向かってゆっくりと歩いてゆく後ろ姿を、澤子は最後まで見送った。

糸は弾けるように切れた。

鋏を布に押しつけながら縫い目を浮かし、刃を下ろすたび、細かく縫い込まれていたキルトは平坦な一枚の布に戻ってゆく。

あの夜も雨だった。

家庭教師を終えた後、澤子はバッグの中に入れていた折畳み傘を広げた。あの朝、降るからと母に持たされた深緑色の傘だった。

土手沿いの道で男に会った。長く続く一本道で、澤子はもうずっと前から、こちらに向かって歩いてくる影があの男であることに気がついていた。雨に濡れて髪は頭に張りつき、服は色を変えていた。澤子は傘で顔を隠した。

「せんせい」

回らぬ舌で男が言った。足を止めてはいけない。そう思いながら。澤子は立ち竦んでいた。

「先生」

もう一度男が言い、傘の中を覗き込んだ。酒の匂いが、傘の中に広がる。男の手が、傘の柄を摑んだ。身体が震えた。総毛立った。澤子は男の手を振り払おうとした。しかし思いがけない力が返って来た。澤子は男の身体を押した。力を込めて押した。男はぐらりと身体を傾けた。黄色っぽい男の目が笑っていた。男は澤子の傘を手にしたまま、川へと落ちて行った。

澤子は嫌悪していた。軽蔑していた。いつもだらしなく酔い、自堕落ですさんだ毎日を送るあの男を。あの男に会うと、いつも身体の奥で何かが動き始めた。それは罪のような後悔を伴って澤子を苦しめた。澤子はあの男が怖かった。なぜなら、あの男に惹かれていたからだ。

澤子は糸を切ってゆく。

縫い物なんて、少しも好きではなかった自分に初めて気付く。

雨はまだ降り続いている。

月光の果て

廊下に人の気配はなかった。

乾燥した空気と薬の匂いが、山間に淀む霧のように漂っている。

両側に個室の病室が三つずつ、計六部屋。すべてのドアはぴたりと閉じられている。

教子は振り向いた。ここからナースセンターは遠く、廊下に並ぶ病室は死角になっていて、呼び出しがない限り、看護婦がこちらに来ることはないだろう。

午前の外来が終わり、入院患者たちの昼食が済んだ午後の回診までの一時間弱、この時間は病棟に不思議な静寂が訪れる。それは教子にとって、もっとも都合のいい時間でもあった。

廊下を進み、805と書かれた部屋のドアに手をかける。中から無機質な音が聞こえて来る。素早く病室に滑り込み、後ろ手でドアを閉める。

まず目に入るのは規則正しく空気を送り込む人工呼吸器だ。白いベッドには老人が横たわっている。喉に穴が開けられ、蛇腹の管が差し込まれている。鼻には栄養を流し込むチューブ、腕には点滴の針。老人の顔には老斑が濃く浮き出ている。ほとんど死人に近い顔色の中で、それはやけに鮮やかな色をしていて、死体に群がる虫のようにも見えた。

付き添い婦はあと十五分は戻って来ない。その下調べはついている。この時間、付き添い婦は昼食をとると、食器を戻しがてら、賄いの女性たちとお喋りに興じるのだ。ただ呼吸をしているだけの老人の介護は、ほとんど手はかからないが、それだけに退屈な時間を持て余し、その中での息抜きなのだった。

教子は老人から目をそらし、ベッド脇の棚に近付いた。引き出しを開けると、タオルの下に隠すように黒革の札入れがあった。

札入れには十二万入っていた。その中から三万を抜き出し、すぐに元に納めた。老人は眠ったままだ。眠っているのか死んでいるのか、自分でさえ判別がつかないほどの深い眠りなのだろう。

ドアを開け、廊下を窺う。誰もいない。素早く出て、ドアを閉めると、教子は何食わぬ顔つきでエレベーターへと歩き始めた。

入院患者の病室から、お金を盗むようになったのは二年ほど前からだ。

狙いは個室に入っている金持ちと決めていた。どんなに金があっても全部は盗《と》らない。今日のように三万から五万程度抜き取るだけだ。減っていることに気付いても、自分の勘違いだったかもしれないと納得できるような範囲でしか、教子は手にしない。

こうして気やすく病院に出入りできるのも、教子が病院の衣料関係を扱う仕事についているからだ。主に、ドクターや看護婦の白衣、手術着、患者の寝巻、紙オムツ、売店に置く下着類。その他に、プライベートな下着関係の注文を患者や看護婦たちから受けたりもする。だいたい十二、三軒の病院を受け持ち、順次回って、売店の棚の在庫を調べ、医局やナースセンターに顔を出し、注文を受け、納品をする。

同じ病院で続けて盗みはやらない。得意先を回りながらひと月に二度か三度。そのローテーションなら、誰も教子を疑わない。

この仕事について三年がたっていた。


盗みを始めたのは、単純にお金が欲しかったからだ。前に勤めていた大手の電機メーカーを辞めて、今の仕事に就いたが、給料の面ではかなり減った。アパート代や生活費、それらを切り詰めるための努力は、一年もたたないうちにうんざりした。洋服が欲しい。おいしいものを食べたい。旅行だってしたい。簡単だった。盗めばいいのだ。

初めての盗みは、大きな個人病院に子宮筋腫の手術で入院した五十過ぎの太った女からだった。ネグリジェと下着の注文を受けて、病室を訪ねた。太い指に、大きな指輪がへばりついていた。

彼女は枕の下から無造作に財布を取り出し、代金を払った。財布は口が下品に広がるぐらい札が詰まっていた。

盗みはとても簡単だった。彼女が検査に出掛けるのを見計らって病室に入った。ベッドの上に、赤い肩かけが放り出してあった。半ば期待せずに枕を持ち上げると、そこに財布があった。正直言って驚いた。鍵もかけず、財布をそのままに病室をあけるなんて、盗みを勧めているようなものではないか。教子は財布の中から万札を五枚抜いた。これで新しい靴とバッグが買えると思うと嬉しかった。

罪の意識はまったくなかった。

危篤の老人からお金を盗んで、すでに二週間が過ぎていた。月末が近付いていて、少し苦しい。来月の頭にはクレジットカードの引落しもある。

この大学病院の特別室710号に、高校生ぐらいの男の子が入院しているのを知ったのは十日ほど前だ。

いつものようにナースセンターに顔を出すと、特別室に続く廊下から車椅子の彼が現われた。聞けば、半年ほど前、左足を膝の少し上から切断したのだが、術後の経過があまりよくなく、最近、再入院となったのだと言う。

教子は病室を確かめに行った。特別室の中でもAランクの部屋だった。ドアの横には佐田篤志とネームが掲げてあった。

それから何度か彼を見た。痩《や》せていて、目が少女のように大きく、いつもどこか投げ遣りな態度を見せていた。片足を失っても、彼は一生、金に困ることはないだろう。いや両足を失ってもだ。それは日に三万も差額ベッド代がかかるこの特別室が物語っている。教子はターゲットを決めた。

天気のいい夕方、彼は必ず屋上に出る。車椅子に移り、ひとりでエレベーターに乗り、そして三十分ほど帰らない。

不思議なもので、病院生活を送る患者はそれなりに習慣というものを持つようになる。検温、食事、回診を軸にして、散歩とか売店に行くとか、決まった時間に行動するのだ。そしていったんペースが出来上がると、そう簡単には変えない。病人の時の刻み方は、時計よりも、決められた手順によって成り立っている。

教子は彼が病室を出てゆくのを待った。下調べはついている。そろそろだと時計を見ると、ドアが開き、彼が出て来た。彼がエレベーターに乗るのを確認してから、教子は病室に忍び込んだ。

いい部屋だった。病室というよりまるでホテルのようだ。スチールではなく木製のベッド。籐のソファにスタンドライト。冷蔵庫、テレビ、ビデオ、何から何まで揃っている。

教子は棚に近付いた。引き出しを開けると、財布はすぐに見つかった。期待して中を覗いたが、思ったほど入っていない。たった六万だ。舌打ちしたくなる。迷って、そのうちの二万を手にした。金持ちといってもやはり子供の部屋は駄目だ、そう思いながら財布を戻そうとすると、突然、ドアが開いた。

「あんた、何してんだよ」

彼だった。教子の足が竦んだ。手にまだ財布が握られていることに気付き、慌てて戻した。けれど、もう遅い。

「もしかして病室荒らしってやつ？」

「やだわ、私ったら部屋を間違えたみたい」

その答えに、もちろん彼はふんと鼻を鳴らした。

「そんな言い訳、通用すると思ってんの」

背中を汗が流れた。現場を見られた。警察に突き出される。会社をクビになる。早くもその想像が教子を追い詰めた。

「大して入ってないだろ、その財布。うちの親父、金持ってるくせに、ケチなんだよ。まあ金持ちはケチって相場は決まってるけど」

彼はそう言って、車椅子を動かしながら教子に近付いて来た。

「ちょっと、ライターとってよ」

彼が言った。

「ほら、その引き出しの奥にあるだろ。あんたが狙った財布のもっと奥だよ」

このまま逃げてしまおうかとも考えた。彼は車椅子だ、どうせ追い掛けてこれやしない。そう思った瞬間、見透かしたように彼が言った。

「言っておくけど、逃げても無駄だよ。あんたのこと、僕、知ってるから。この病院に出入りしてる業者だろう。ナースセンターにいるの何度か見たんだ」

彼は口元に薄く笑みを浮かべている。教子は諦めにも似た気持ちでライターを手にした。

彼はパジャマの胸ポケットから煙草を取出すと、その一本を口にくわえて、短く「火」と言った。教子につけろと言っているのだ。その生意気な態度に怒りを覚えたが、従わないわけにはいかない。

教子のライターから火を受けると、彼は深く吸い込み、煙をゆっくり教子に吹き掛けた。

「どうして僕が戻って来たかと思ってるんだろう。そう、ライターを忘れたのさ。病室で煙草を吸うと、匂いが残って、後で看護婦に叱られるだろ。だから夕方、屋上でゆっくり吸うんだ」

「あなた、高校生でしょう」

「病室荒らしにお説教される筋合いはないと思うけど」

「私にどうしろって言うの？」

「さあ、どうしようか。どうして欲しい？」

彼は楽しそうに言った。こんな子供に、と腹立たしく思いながら、強くは出られない。切羽詰まった思いで、教子は両手で顔を覆った。こうなったら泣き落としかないと思った。

「私、いつもこういうことやっているわけじゃないの。本当よ、いったいどうしちゃったのかしら、自分でもよくわからないわ」

「大丈夫、僕は誰にも言わないよ」

彼は物分かりのいいことを言った。けれど、それが却《かえ》って不気味だった。教子は覆った手の指の隙間から彼を見た。案の定、まだ幼さの残る彼の頬には皮肉な笑みが浮かんだままだ。完全に教子の芝居を読んでいるのだった。

「その代わり、頼みたいことがあるんだ」

「頼み？」

あっさりと泣き真似はやめて、教子は尋ねた。

「買って来て欲しい雑誌があるんだ。ここの売店じゃ手に入らなくてさ」

「え……」

「イヤならいいよ、断っても」

もちろん断れないことを知っていて、彼は言っている。バラされることを考えたら、雑誌を買って来ることぐらいどうということはなかった。それで黙っていてくれるならおやすい御用だ。

「わかったわ」

頷くと、彼はいやに大人びた態度でニヤリと笑った。

翌日、教子はそれを病室に届けた。表紙に大股を広げた女の姿が描いてあるその雑誌を、コンビニで手にするために余計なものまで買わなければならなかった。レジの男が向けた好奇の目を無視するのに骨が折れた。

彼はベッドで上半身を起こした格好で受け取ると、ぱらぱらとめくり始めた。

「じゃあ、私」

帰ろうとする教子に、彼は言った。

「煙草が切れそうなんだ。マールボロね。明日までに頼むよ」

思わず教子は振り向いた。

「もちろん、断ったりするわけないよね。警察につかまりたくはないだろう。仕事もなくして、この不景気に、前科者を雇ってくれるとこなんてあるわけないしさ」

彼、篤志は完全に図に乗っていた。これは脅迫と同じだった。教子が断れないことを知っていて、家政婦がわりにするつもりなのだ。

煙草の後は、続けざまに、マンガにビデオ、CD、ヘアムースやシャンプーまで買いにやらされた。

「明日はポテトチップスを頼むよ。プリングルスの塩味ね。売店にないんだよな。それからビールも欲しいな、うんと冷えたやつ」

事もなげに言う篤志に、さすがに腹が立った。

「いい加減にして。いったいいつまで私をコキ使うつもりなの」

篤志はベッドの上から、上目遣いで教子を見た。

「あと少しの間さ」

「少しってどのくらいよ、ちゃんと期間を言ってよ」

「たぶん三ヵ月ぐらい」

「退院するまでってことね」

「死ぬまでさ」

その言葉に、教子は思わず篤志を見た。彼が何を言ったのか、うまく理解できなかった。

「僕、もう長くないんだ。足は切断したけど、もう手遅れでさ、あちこちに転移してるんだ。

もちろん親も医者も何も言わない。けど僕にはわかってる」

篤志はそう言って、途切れた膝の辺りをパジャマの上から撫でた。

「冗談やめてよ」

馬鹿馬鹿しく思いながらも頬が強ばった。頭の中には聞き覚えのあるいくつかの病名が浮かんでいた。骨肉腫、骨髄腫、軟骨肉腫、ユーイング肉腫。どれも決定的な響きを持つ、残酷な病名だった。とりかえしのつかないことを聞いたような気がして、教子は狼狽《ろうばい》した。

やがて篤志がゆっくり顔を向けた。目の中に一瞬暗い影がゆらりと横切ったと思うと、彼は吹き出した。

「何だよ、信じたのかよ。あんた、いったいいくつよ。こんな甘い芝居にころっと騙される歳じゃないだろうが。これはオートバイで事故ったのさ。スピードの出し過ぎでガードレールを直撃」

カッと頭に血が昇った。

「帰るわ」

「頼んだもの、よろしく」

「冗談じゃないわ」

「あんたの人生、今のところ、僕が握ってるんだってこと、お忘れなく」

それには返事をせず、教子は病室を出た。

今日は四万を盗んだ。アパートに戻り、テーブルの上にそれを置いてぼんやり見つめていると、教子はひどく不思議に思った。

今、こうしている自分の人生が本物とは思えなくなる。ごく普通に短大を卒業して、大手の電機メーカーに就職した。予定では結婚をし、郊外の小綺麗なマンションに住み、子供がひとりぐらいいるはずだった。ちんまりした幸福だけれども、そういったコースを、何の疑いもなく歩いてゆくのだと確信していた。

けれども結婚を約束した同僚の男に棄てられ、いたたまれず会社を辞め、向いてもいない仕事につき、今は、病室に忍び込んでいくらかのお金を手にするようになっている。

そんな自分が現実に存在することが実感できない。これは影なのかもしれないと思う。ここにいる自分は粒子のような存在で、たとえ目に見えていても実態は何もない。摑もうとしても向こう側に通り抜けてしまう。ただの勘違い。妄想。

配達のバンに乗って、郊外のマンションの前を走り抜ける時、教子は時々、車を止めてその中のひとつのドアのチャイムを鳴らしたくなる。自分が現われそうな気がするのだ。幸福そうな笑みを浮かべて、本当の人生をちゃんと生きている自分がそこにいる。その時きっと、今の教子は霧のように消えてしまうに違いない。

彼の病室には一週間、顔を出さなかった。頼まれたポテトチップスは、翌日、スーパーのポリ袋ごとドアの把手《とって》に掛けておいた。ビールはない。これを最後に、できたらこのまま知らん顔を通してしまいたかった。

その日、大学病院の売店に注文の品を納入したのは、もう六時を回っていた。帰りぎわ、通用口で顔馴染みの看護婦と出会った。外科病棟の看護婦だ。いつものように軽く挨拶をして駐車場に向かおうとすると、彼女が呼び止めた。

「ねえ、710の患者さんと知り合いなの？」

どきんとした。篤志のことだ。

「どうして」

「あなたのこと聞いてたわ。いつ来るのかって。何か注文したいものでもあるんじゃないの」

「そうね、じゃあ顔を出してみます」

看護婦と別れ、その足で教子は病室に向かった。行かなければ、彼は本当に喋ってしまうかもしれない。子供だとバカにする気持ちもあるが、子供だけに何をするかわからない。

病室に入って篤志を見た時、教子は思わず足を止めた。たった一週間見ないうちに彼はひどく痩せていた。頬骨はとがり、目だけが異様に大きい。

「やっと来たな」

篤志はベッド脇のソファに座り、不機嫌そうな声で言った。

「どういうつもり？」

「何が？」

「看護婦に私のことバラしてしまうつもりなの」

「来なきゃ、そうする」

「今度は何？」

「ビデオ、借りて来てくれよ。ＮＢＡを観たいんだ」

そして篤志はソファからベッドへ移ろうとした。けれどバランスがうまくとれず、膝をつきそうになる。教子は手を伸ばした。

「いいよ」

「いいから、摑まりなさいって」

半ば強引に言うと、篤志はそれ以上は言わず素直に従った。その時、教子の腕に摑まる篤志の手がやけに熱いことに気がついた。

「あなた、熱があるんじゃないの」

「少しね」

「看護婦、呼んであげようか」

「いいんだ、いつものことだから」

彼をベッドに寝かしつける。ふと視線を感じて顔を向けると、彼の目が教子のブラウスの中へと注がれているのに気がついた。

なんだ、と思った。つまりそういうことなのだ。つまらない用事を言い付けるのも、結局はそれを言い出せない代償のようなものだ。男が女に要求するのに年齢なんて関係ない。すべてはそれに行き着くというわけだ。むしろその方が話は簡単だった。

「いいわよ」

教子は言った。

「何だよ」

篤志はいくらか狼狽《うろた》えたように口を尖らせた。

「触りたいんでしょう。いいわよ、触っても」

篤志は目を見開き、耳まで真っ赤になった。

「そんなこと誰も言ってないだろ」

「もしかして、初めて?」

「え?」

「女はまだ知らないの?」

その言葉は彼の自尊心をいくらか傷つけたようだった。生意気な彼の顔に余裕がなくなるのを見ると、ふと残酷な、そのくせ妙に愛しい気分になった。

「教えてあげようか」

篤志は黙っている。

教子はベッドの端に腰を下ろし、横たわる篤志を見下ろした。篤志は意地になったように顔をそむけている。緊張しているのが伝わって来る。教子は篤志の腕を取り、自分の胸へと導いた。ブラウスの上から篤志の熱い手の感触が伝わって来る。篤志の手は震えていた。すぐ目の前にある篤志の顔。すでに生意気さは消えて、年相応の純情が覗いていた。

立場は完全に逆転していた。教子はすっかり楽しくなった。

教子は篤志に顔を近付けた。薬と乾いた藁《わら》のような匂いがした。顔をそむけている篤志の頬に手を添え、こちらに向ける。

篤志は静かにしている。唇を割って、教子は舌先を篤志の口の中へと滑り込ます。熱っぽい息がお互いを行き交う。

「もっと、したい？」

耳元で囁《ささや》くと、しばらくのためらいの後「したい」と、小さく、けれどもはっきりと篤志は言った。

「いいわ。ドアの鍵をかけるから、明かりを消して」

篤志は枕元のスイッチに手を伸ばした。病室の灯りが消えると、ブラインドの隙間から月の光が差し込んだ。教子は鍵をかけてベッドに戻って来た。

いつこの遊びを中断しようか。そうすればこの生意気な篤志にどんなバツの悪い思いをさせられるか。それを意地悪く想像しながら、教子はベッドに腰掛けて、彼のパジャマのボタンをひとつずつはずした。

あらわになった篤志の胸は、痩せていたが、まだ完成されていない清潔さがあった。

「足、気持ち悪いかもしれない。切断した傷口のところ、肉が盛り上がってぼこぼこしてるんだ」

不意に、篤志がためらいがちに呟いた。それは思いがけず素直な羞恥《しゆうち》に溢れていて、教子を一瞬、戸惑わせた。

「見せて」

「うん」

篤志が自分でパジャマのズボンを脱ぐ。目の前に、ぷっつりと途切れた篤志の足が投げ出された。不思議な気がした。それは失ったというより、作られている途中であり、もうすぐここから足が伸びてくるように見えた。教子は足の傷口に触れた。大腿骨《だいたいこつ》を丸く包み込んでいる皮膚は、生まれたばかりのような柔らかさがあった。

「ちっとも気持ち悪くなんかないわ。それに、きれいなピンク色をしてる」

それはとてもいじらしい弾力を持っていた。不意にその感触を確かめたくて、教子は唇を押しつけた。篤志はびっくりしたように、上半身を起こした。

教子は服を脱ぎ始めた。瞬きもせず篤志が見つめている。その目は欲情というより、珍しい生きものを見るような、素直な好奇心に溢れていた。教子は篤志のベッドに入った。

自分がなぜこんなことをしているのか不思議だった。悪戯《いたずら》じみた思いから始まった行為は、篤志の傷跡に触れてから、いつか退けない気持ちになっていた。

篤志はためらいと戦いながら、教子の身体に触れて来た。髪に、首筋に、乳房に、おなかに、まるでひとつひとつを確認するように指先を這わせてゆく。けれども、そのもっと奥へと伸ばすことに躊躇した。

「触って」

教子は言った。

「いいの？」

「私がそうして欲しいの」

篤志の指が分け入って来る。

「濡れてる」

「そうよ、感じてるから」

「本当に？」

「ええ、すごく」

教子もまた篤志の身体に触れた。彼のペニスは十分に勃起《ぼっき》していた。身体を思うように動かすことのできない篤志の代わりに、教子は自分が上になった。

最初、篤志はすぐに果てた。困惑する彼に教子は首を振る。流れた白い液体をティッシュで拭い取り、教子は力をなくした篤志のペニスを口に含んだ。篤志は身体をびくんと震わせ、そしてすぐに堅くなった。

教子の身体の中に、篤志のそれが入って来る。篤志はじっとしている。教子も動かない。

「あったかいんだな」

篤志が言った。

「すごく、あったかい」

そして短い声を上げ、篤志は果てた。

ベッドの中で抱き合ったまま、ふたりは細く差し込む月の光を浴びていた。

「あなた、いくつ？」

「十六だよ」

「私より、十三も年下なのね」

「ふうん、そんなに違うんだ」

「よかった？」

「うん」

「元気になれば、女の子といくらでもできるわ」

「あんたのこと、ずっと前から知ってたよ。最初の手術をした時から」

「あら」

「売店やナースセンターに出入りするの、よく見てたんだ」

「この病院は上客だから」

「何だかずっと気になってた」

「そう」

「恋かなと思った」

教子は黙った。まるで知らない国の言葉を耳にしたような気がした。

「笑ってるの？」

「まさか」

「でも、黙った」

「そんな言葉、久しぶりに聞いたから」

教子は枕元の時計に目をやった。そろそろ九時になろうとしている。看護婦が最後の検温にやって来る時間だ。教子はベッドから抜け出て、洋服を着た。篤志が肘をついて、こちらを見ている。

「また、来る?」

ブラウスのボタンをとめながら教子が答える。

「そうね」

「待ってるよ」

「行くわ」

短く言って、教子は病室を出た。


教子は病室を訪ねなかった。

訪ねれば、何かとても面倒なことになりそうな気がした。前の会社を辞めてから、ほとんど人と付き合わず、自分の満足のためだけに暮らして来た。誰かに何かを与えるような気前のよさはなくしていたし、与えることで否応なしに感じ始めるどこか恩きせがましい期待を持つことにもうんざりだった。

ひと月ほどの間に、十万ほど手にした。前から欲しかった新しいビデオデッキと、セーターを買った。

患者たちは次々と入れ替わる。結果が生か死の違いはあっても、ベッドには新しいカモが横たわりにやって来る。教子は今日も、白衣や紙オムツやらをバンに詰め込んで走り回る。そして適当な病室にめぼしをつける。

どこかで幸福に暮らしているはずの本当の自分は、今頃、何をしているだろう。

できるだけ篤志の病棟には近付かないようにしていたが、ナースセンターからまとまったストッキングの注文があり、届けざるをえなくなった。

こんにちは、と愛想のいい笑みで顔を覗かすと、顔馴染みの看護婦が振り向いた。

「久しぶりね、ここのところちっとも顔を出さないじゃない」

「ちょっと忙しくて」

「いいわね、儲かって」

「まさか。ストッキング、二十足分持って来ましたから」

「ありがとう」

その時、呼び出しランプが点滅し始めた。710号室、篤志の病室だった。看護婦がボタンを押して応答した。

「どうなさいました」

「すいません、痛がってるんですけど」

女の声がした。付き添いだろうか。それとも母親？　痛がっている、その言葉は暗い予感のようなものを教子に与えた。

「そうですか、じゃあお薬を用意しますね」

そう言って看護婦はすぐに医局に連絡を取った。モルヒネ、という単語が聞こえた。看護婦が用意を始めた。

「710号室の患者さん、悪いの？」

尋ねると、注射器や消毒用の脱脂綿が入ったケースを手際よく準備しながら、看護婦が答えた。

「ええ、まあね」

「オートバイの事故って聞いたけど」

「誰の話？」

「だから710号室の患者さん、違うの」

「違うわ。かわいそうに、まだ十六だっていうのに」

すうっと身体が冷たくなった。

看護婦がナースセンターから飛び出してゆく。その後ろ姿を見つめながら、教子はしばらく動けずにいた。彼女の言葉の中に、ひとつの結末が含まれていた。とても残酷な、そして、絶望的な結末。

夕方まで配達に回り、貸しビデオ屋に寄ってから、教子は大学病院に戻っていた。

ドアには面会謝絶のプレートが下がっていた。ノックすると、中年の女性が顔を出した。付き添い婦のようだ。

「どちらさまでしょうか」

「あの、私……」

「はあ」

付き添い婦が怪訝な表情で教子を見る。けれど自分をどう説明していいかわからない。口ごもっていると、奥から篤志の声がした。

「いいよ、通して」

教子は病室の中に通された。

篤志は皮肉な笑みで教子を迎えた。その表情はひと月前の篤志と少しも変わらない。けれども、布団の盛り上がりの薄さはどうだろう。篤志の身体はまるでベッドの中に埋め込まれてしまったようだ。

篤志は付き添い婦にしばらく外に出ているように言ってから、教子を見た。

「来るのが遅いんだよ」

その声に力はなく、喋るにも努力が必要のようだった。

「忙しかったの」

「バラされたくないんだろ」

「わかってる、だから来たの。はい、頼まれてたＮＢＡのビデオよ。チームは適当だけど」

「うん」

「それで、今度は何を持って来て欲しいの。まだ私をコキ使うつもりなんでしょう」

「そうだな」

「ただしエロ本はいやよ。コンビニの店員に変な目で見られるから」

「ブラインド上げてくれよ」

「え？」

「月が見たいんだ」

言うとおりにすると、篤志は枕元のスイッチに手を伸ばし、電気を消した。満月の柔らかくビロードのような明かりが差し込んで来る。

「きれいだ」

「そうね」

「もう一度、見られるかな、この満月」

その言葉に、身体を揺すぶられたような気がした。教子はベッドに近付き、篤志の髪に触れた。篤志は教子を見つめている。とても無垢《むく》で、そのくせ何もかも知り尽くしたような眼差し。唇を近付けると、篤志は黙ったままそれを受けた。情熱や欲望からほど遠いキスだった。

「足」

顔が離れた時、不意に篤志が言った。

「え？」

「切断した僕の足、地下の病理室に保管してあるんだ」

「なに馬鹿なこと言ってるの」

教子が言うと、篤志は小さな笑みを口元に浮かべた。

「置いて行くのはいやなんだ。一緒に持ってゆきたい」

どこへ、とは問えなかった。篤志はもう知っている。自分がどこへ行くのか知っている。

篤志の目が月明かりを受けて濡れている。その時、彼が泣いていることに初めて気付いた。


病理室に続く廊下は暗く冷たい。地下には解剖室や霊安室があり、看護婦でさえ好んで近寄ろうとはしない場所だった。

教子は歩いてゆく。自分の靴音が白い壁に反射して、かすかに遅れてついてくる。

自分が何をしようとしているのか、何のためにそれをしなければならないのか、うまく言えない。ただ、篤志がなくした左足は、教子がなくしたものにつながっていた。どこかの小綺麗なマンションで、幸福に暮らしている自分などいるはずがなかった。病室を荒らし、いくらかのお金を手にする。それがそのまま自分なのだ。

三日前、篤志は集中治療室に入った。すでに意識は混濁していた。透明なビニールの中で硬く目を閉じる篤志は、身体のあらゆる場所にチューブを差し込まれていた。篤志は今、生からも死からも逃れられない孤独な戦士だった。

夕方、医局から病理室の鍵を盗んだ。よく出入りしている教子のことを疑う者は誰もなく、鍵は簡単に手に入った。

病理室のドアを開けると、つんとした匂いが鼻についた。明かりをつけることがはばかられたが、間違いなく篤志の足を手に入れるためには仕方ない。手探りでスイッチを探した。

スチール製の棚にはぎっしりとガラスビンが並んでいた。大きいのもあれば、小さいのもある。その中に人間の顔以外の、病んだ部分が納められている。手や足、胃や肝臓や腸。見たこともない臓器。そのすべてがほぼ同じ色をしているのが不思議だった。蠟燭のような灰色がかった白。それは奇妙な清潔さを感じさせた。

篤志の足はすぐにわかった。一メートルほどの筒のようなガラスビンに眠るように納められていた。ビンごと抱えようとしたのだが、あまりにも重い。とてもこのまま運べそうになかった。

教子はしばらく考え、コートを脱いだ。まずそれを床に広げる。それからガラスビンの蓋《ふた》をはずした。上から覗くと、白い大腿骨が見えた。巨大なハムのようだ。教子は液体の中に手を入れた。粘り気のあるひやりとした感触が指先を冷たくする。摑むと、思ったより皮膚は硬い。しかしずっしりと重く、力をこめて引き出さなければならなかった。

教子はコートの上に足を置いた。生地が液体を吸って変色してゆく。横たわる篤志の足は、美しく逞《たくま》しかった。爪や脛《すね》を覆ううっすらとした体毛はまだ瑞々《みずみず》しささえ残していて、今、集中治療室で眠る篤志より生きていることを実感させた。まるで赤ん坊をくるむようにコートに包み、教子は病理室を出た。

急ぎ足で病室へと向かう。篤志はきっと失いつつある意識の中で、待ちこがれていることだろう。

なくしたままでは行かせない。決して行かせない。

教子は足を抱え直す。篤志の待つ、最後の時へと急ぐ。なくした自分の何かを、自分自身に届けるように。

もうすぐよ、もうすぐだから。

廊下には誰もいない。教子の呟く声だけが、糸をひくように廊下を流れて行った。

解説

篠田節子

ジュニア小説出身の女性作家の活躍が目覚ましい。ミステリ、ファンタジー、恋愛小説、ホラーと、様々な分野で頭角を表し、安定した筆力を見せてくれる。

唯川恵も、そうしたジュニア小説出身の作家の一人だ。

短期間に多くの枚数を書かされ、次々にアイデアを出させられ、なおかつ読者の心を捕らえられずに売れ行きが落ちれば容赦なく切られる。そうした苛酷な現場で、書き手として徹底して鍛えられた後に、しかるべきテーマを引っ提げて一般小説に殴り込みをかけてくる。

書くものがおもしろくないわけはない。

鍛えられるのは筆力だけではない。センスもまた鍛えられる。

短篇集『めまい』は、直木賞受賞作『肩ごしの恋人』などに比べると、ホラー色が強い。「耳鳴りにも似て」「降りやまぬ」の心理サスペンス、「きれい」「眼窩の蜜」の生理的恐怖、「嗤う手」「誰にも渡さない」の怪異。その導入は常に等身大の女性たちの日常的風景である。

しかし彼女たちの日常は、どこからか規範を踏み外し、狂気に向かって滑り出し、やがて加速して混沌の中に墜落していく。

「めまい」という表題は、日常から非日常へのこの墜落感を表していて秀逸だ。いわばこの落差で読ませる短篇集だが、彼女たちの日常感覚は、多くの女性たちにとって、まったく違和感がなく、身近なものだ。だからこそ、「青の使者」の終盤にある、ミステリ小説であるならおよそ現実感に欠ける殺人も、「月光の果て」のグロテスクな艶やかさと哀しみに満ちたラストも、作品として説得力を持ち衝撃を与えるのである。

鍛えられたセンスというのは、女性たちのこの発想や心理、行動の描写についてである。『肩ごしの恋人』の中に出てくる主人公たちの会話を思い起こしてほしい。ウィットに富んだしゃれた会話のように感じられるのは、年配者や男性であろう。そこに箴言の類を見い出される方も同様だ。

おそらく二十代から四十代の女性にとっては、かなり日常的で生々しいやりとりに読めたはずだ。そこにごく親しい友人、姉妹の姿を重ね合わせ、ときに自分自身の鏡像を見て、けっこうひやりとさせられたのではなかろうか。『めまい』では、その「ひやり」感がさらに尖った形で出てきた。

直木賞の選評の中で、林真理子さんは「ちょっとした言葉遣い、店、ファッション、何よりも異性に対する視点に古くさいものが表れたりすると、女性たちはそっぽを向く。こんなものは私たちじゃないと、とてもシビアだ」として、「『肩ごしの恋人』には感服した」と書かれているが、まったく同感であり、それは『めまい』についても言える。

「私たちは、こんなじゃない」という点については、一般女性よりもさらにシビアな、思春期の女の子たちを読者として、長い間書いてきた唯川恵の面目躍如である。

書き手が女性であるという理由で、女性をリアルに書けるというのは幻想だ。上質の小説や映画などに触れることによって「いい女」と「いい男」は書けるかもしれない。しかしそうして描かれた作品は、いくら設定がリアルでも、ファンタジーでしかない。もちろんファンタジーが悪いとは言わない。ただ平成の日本に生きる、弱さを売り物にする女、徹底して後向きに生きる女、つまらない男に執着して人生を浪費する女、そうした「しょうもないやつら」の恋と自意識を描いて、なおかつ読者の心を惹き付けるところに私はこの作者の力量を感じる。

年代も考え方も違う人々としっかり関わり、内面まで見据えた作家魂とデッサン力のなせるわざかもしれない。

対して狂気の非日常を描かせるものは、作家の天性のセンスによるものだ。

「誰にも渡さない」「闇に挿す花」などのヒロインの偏執的な愛情は、なぜか唯川恵の手にかかると、醜悪な様相を帯びる代わりに、透明な哀しみに覆われる。

「きれい」の暴走するラストは、生理的嫌悪感の代わりに、乾いた笑いを誘う。もっともこれは作者が意図したものかどうかわからないが。

「翠の呼び声」は、悲惨極まるヒロインの境遇に、なんともファンタジックな泣かせる救いが用意されていた。もっとも単純に読者の涙を絞りたいのなら、人間の男の姿になどしないで、猫の姿のままの方が効果的だろう。あえて猫の王子様を出現させたところが、この作家らしい。

いずれにしても、一般的には「軽み」と捕らえられがちな部分だが、巧緻に刈り込んで作り上げた人工的軽みではなく、作家の表現のセンスがもともとこうした透明感と自然な軽やかさに満ちているということだろう。

なお、作品集の最後、「月光の果て」は、よく練られたプロットと、グロテスクがグロテスクに落ちずに、愛情と哀しみに昇華されるラストによって、この作家のもう一つの可能性を暗示している傑作である。

希望のない日常の中で、虚無感にむしばまれたヒロインと、片足を失った少年との、刃物の上を渡るような緊張感に満ちた心理戦と微妙な愛情の交換は印象深く、その短さに比して、作品世界の大きさを感じさせる。

なおこの作品集の単行本の帯には、「戦慄の十編」と銘打たれている。

格別の怪異が描かれていなくても、人の心の底知れぬ悪意や、狂気を描いたものが、最近ではホラーとして紹介される。

もちろん厳密なジャンル分けなど、まったく意味はないのだが、ヒロインたちの背を押し、狂気の世界に追いやっていくものが、功名心でもなければ、突出した自尊心でもなく、ましてや金銭への執着でもなく、恋であるということからして、この『めまい』はホラー小説ではなく恋愛小説、唯川恵のもっとも鋭角的なきらめきを持つ恋愛小説集であると、私は考えている。

この作品は一九九七年三月、集英社より刊行されました。

唯川恵の本

集英社文庫

瑠璃でもなく、玻璃でもなく

美月・二十六歳・未婚・ＯＬ。妻がいる会社の同僚と不倫中。先の見えない不安を抱える。英利子・三十四歳・既婚・専業主婦。単調な生活に漠然とした不満を覚える。女にとって結婚とは…。

愛に似たもの

幸福そうなあの人が羨ましい。どうして私だけがこんなふうに……。必死に自分の幸せの形を追い求める八人の女たちを描く短編作品集。第二十一回柴田錬三郎賞受賞作品。

彼女の嫌いな彼女

仕事一筋の35歳の瑞子と、恋愛第一の23歳の千絵、反目し合う二人が、同時に27歳のエリートビジネスマンに恋をした。最後に笑うのは…。女性の悩みや葛藤を軽快に描く恋愛小説。

愛には少し足りない

結婚を控え幸せいっぱいの早映は、婚約者の叔母の結婚式で、奔放な麻紗子に会う。反発しながらも、別の自分を引き出されていく早映。一方、婚約者にも秘密が…。長編恋愛小説。

今夜　誰のとなりで眠る

奔放な生き方で多くの女性に愛され、突然亡くなった秋生。彼とかかわった5人の女に、彼が残したものとは…。それぞれの愛の姿を通して、自らの道を歩み始める女たちを描く長編。

集英社文庫

めまい

2002年 6 月25日　第 1 刷
2025年 6 月22日　第15刷

定価はカバーに表示してあります。

著　者　唯川《ゆいかわ》　恵《けい》

発行者　樋口尚也

発行所　株式会社　集英社
東京都千代田区一ツ橋2-5-10　〒101-8050
電話　【編集部】03-3230-6095
【読者係】03-3230-6080
【販売部】03-3230-6393(書店専用)

印　刷　TOPPANクロレ株式会社

製　本　加藤製本株式会社

フォーマットデザイン　アリヤマデザインストア　　マークデザイン　居山浩二

ISBN978-4-08-747454-1 C0193